COMPAGNIE

HOUILLÈRE

DU BASSIN

DE

MIESBACH

En Bavière.

1848.

PARIS,

IMPRIMERIE DE JULES-JUTEAU ET Cᵉ, RUE SAINT-DENIS, 345.

BASSIN HOUILLER

DE

MIESBACH.

(BAVIÈRE.)

Paris,

IMPRIMERIE DE JULES-JUTEAU ET Cie,

RUE SAINT-DENIS, 345.

1848.

BASSIN HOUILLER

DE

MIESBACH.

(BAVIÈRE.)

EXPOSÉ.

Le bassin houiller de Miesbach, districts d'Aibling et de Miesbach, situé dans les montagnes méridionales de la Bavière, près du Tyrol Allemand, entre l'Isar et l'Inn, affluents de droite du Danube, n'est qu'à 56 kilomètres S.-E. de Munich.

L'étendue de la concession principale est de 12 lieues carrées, ou 19,368 hectares, et les extensions de concessions obtenues postérieurement doublent presque ce développement.

La durée de cette concession est de 50 années à partir de 1847, avec prolongation à perpétuité, pour toutes les couches mises en exploitation pendant cette période.

Sur toute la surface de la concession et de ses prolongements, le terrain houiller est continu, et de nombreuses couches y ont été reconnues.

La qualité de la houille varie suivant les couches; cependant le charbon est généralement homogène, à cassure brillante, lisse et d'un beau noir luisant, qui lui donne souvent le plus bel aspect du *cannel-coal* anglais. Il ne se délite et ne s'effleure pas à l'air, comme la plupart des charbons gras; il a dès lors l'avantage de pouvoir être expédié au loin et de se conserver sans s'altérer, ni donner de déchet.

L'exploitation est récente et date à peine de deux années. Peu de couches ont donc été attaquées. On ne tient compte dans l'exploitation, que de la grosse houille, des gaillettes et des gailletteries. Le menu produit en très petite quantité, est négligé, jusqu'à ce que la consommation locale sache l'employer à la fabrication de la brique, de la chaux, etc. L'emploi du menu amènerait une réduction assez notable dans les prix de revient.

Les produits obtenus jusqu'à ce jour, ont été exclusivement consacrés à la navigation à la vapeur sur le Danube, et on les préfère à toute autre houille, pour la remonte, parce que le charbon de Miesbach, à poids égal, développe une plus grande quantité de calorique que ceux qui ont été essayés concurremment.

Les concessions de Miesbach sont exclusives et comprennent tout le bassin houiller sous la seule exception d'un champ d'exploitation restreint, que le gouvernement bavarois s'est réservé pour les besoins éventuels de ses salines, situées à Rosenheim, sur l'Inn, qui, jusqu'à ce jour, n'ont été alimentées de combustibles que par les bois flottés provenant des forêts de l'État.

Des calculs fort modérés ont établi qu'au-dessous du niveau des vallées, l'élévation des montagnes au milieu desquelles se développent les couches laisse à la disposition des exploitants, sans moyens coûteux d'épuisement, les plus vastes champs d'exploitation.

Nul placement n'offrirait plus de sûreté que l'exploitation des houillères, si, en général, l'extrême division des bassins ne leur créait une concurrence effrénée. Le bassin houiller de Miesbach, concentré dans une seule main, malgré son immense étendue, n'a rien à craindre de la concurrence, et à cet avantage, déjà tout exceptionnel, se joignent d'autres non moins précieux : point de feu grisou, point de capital énorme à immobiliser dans un but d'épuisement quelquefois problématique ; une régularité presque sans exemple dans l'allure de ses couches. Quelques galeries d'écoulement pratiquées au niveau inférieur des vallées permettront d'exploiter presque sans frais.

De ces diverses circonstances et du bas prix de la main d'œuvre, il résulte un prix de revient réduit, et qui se réduira encore quand on aura réalisé toutes les améliorations qu'indique le rapport de M. Malissart, ingénieur des mines du cercle d'Aix-la-Chapelle.

On ne saurait douter que les vastes débouchés ouverts à cette immense concession n'en fassent une affaire aussi importante qu'elle est simple et facile à apprécier, et qu'elle ne soit destinée à atteindre le plus haut degré de prospérité. La Bavière tout entière, qui n'use d'autre combustible que le bois et la tourbe; Munich, sa capitale, qui sera éclairée au gaz l'année prochaine ; de nombreux chemins de fer qui vont rayonner autour de Munich, l'alimentation de leurs locomotives, la production des fers et des fontes nécessaires à la Bavière, et que, jusqu'à ce jour, elle a tirés des provinces du Rhin, de la Belgique et même de l'Angleterre, à des prix très élevés ; tel est l'important marché local à satisfaire. Pour marché extérieur, l'Autriche et le bassin du Danube tout entier.

Pour conduire les houilles de Miesbach sur ces différents centres de consommation, les voies de transport sont faciles ; un port d'embarquement, *Rosenheim,* situé sur l'Inn, à 20 kilomètres seulement des exploitations. De cette ville les charbons descendent l'Inn (rivière d'une profondeur de 80 à 120 centimètres) jusqu'à son confluent au Danube, qui les porte à Passau, à Ratisbonne, à Lintz, à Vienne (Nussdorff), à Presbourg, à Pesth et à un grand nombre d'autres villes moins importantes, situées sur ce grand fleuve et sur ses affluents. Les bateaux de charbon descendent de Rosenheim à Vienne en six jours : plus de 300 lieues de rivage à desservir.

Un chemin de fer, qui doit joindre Munich à Salzbourg et passer par Rosenheim et à quelques kilomètres seulement des mines elles-mêmes, facilitera encore les transports des charbons.

Un autre chemin de fer existe déjà entre Munich et Augsbourg ; il sera continué jusqu'à Ulm, où d'autres chemins de fer viennent aboutir, desservant ainsi tout le haut Danube. Ce sera pour Miesbach de nouveaux débouchés sans concurrence.

Le canal du Mein au Danube (de Würzbourg-sur-le-Mein à Kehlheim-sur-le-Danube) met le Rhin en communication avec le Danube, et un transit immense s'est établi depuis peu de temps entre la Hollande et la mer Noire, comme aussi entre les pays situés sur la longue ligne qui sépare ces deux points extrêmes. Les bateaux à vapeur et les remorqueurs y jouent le principal rôle. C'est une consommation naissante pour la houille, et Miesbach est presque au centre de ce prodigieux mouvement.

Les bateaux à vapeur du Danube consomment actuellement 200 mille tonnes de houille par an. Ce chiffre seul suffira pour donner une idée de l'importance que peuvent acquérir les débouchés.

Les seules concurrences que les charbons de Miesbach rencontrent sur le haut et bas Danube, sont, à Ratisbonne et à Lintz, les charbons schisteux de Pilzen, en Bohême, qui ont 180 kilomètres à faire par terre pour arriver au Danube ; à Vienne, les charbons gras menus de Brünn, en Moravie, amenés par les chemins de fer de la Galicie ; à Presbourg et à Pesth, les charbons de la Hongrie ; Les prix et qualités de ces divers charbons ne peuvent rivaliser avec ceux de Miesbach.

Si on réfléchit sur l'effet que produit toujours l'introduction d'un combustible minéral et à bon marché dans une contrée qui en a été toujours privée, on reconnaîtra évidemment que les houilles de Miesbach donneront aussi naissance avant peu, en Bavière, à de nombreux établissements métallurgiques et à d'autres usines de toutes espèces.

La houille de Miesbach a une grande analogie avec celle employée, en Ecosse, pour le traitement direct dans les hauts fourneaux ; aussi tout porte à croire qu'elle produira à des prix réduits de la fonte avec les minerais de fer qui abondent dans les contrées environnantes.

A des débouchés aussi importants et aussi multipliés, le bassin de Miesbach peut suffire par son immense étendue et le grand nombre de ses couches.

Au moyen de diverses modifications et améliorations, signalées par M. Malissart, le dernier ingénieur qui se soit rendu sur les mines, l'administration de Miesbach, se trouvera dans un temps rapproché, à même de pourvoir à une production aussi élevée que le réclameront les besoins de la consommation.

Le bassin de Miesbach ne saurait être mieux comparé qu'à celui de Saarbruck, pour lequel une compagnie Anglo-Française, fut offrir l'année dernière au roi de Prusse, une somme de 45 millions de francs. La similitude de ces deux houillères, l'exploitation du bassin sans concurrence et sans épuisement par machines, doivent permettre d'espérer qu'après quelques années de développement et d'exploitation, le bassin de Miesbach atteindra à un aussi haut degré de prospérité que celui de Saarbruck.

En résumé, l'étendue des concessions, la richesse du bassin houiller, l'immense consommation ouverte à ses produits, des moyens faciles de transports, un prix de revient réduit et susceptible d'une plus grande réduction encore, et enfin la certitude d'un bénéfice considérable dans cette exploitation, ont donné l'idée de réunir les capitaux nécessaires à l'acquisition et à l'exploitation en grand de toutes les concessions de Miesbach.

Une Société s'est formée au capital de 6,000,000 fr. ou 2,400,000 florins courants de Vienne, au pied de 20 florins le marc d'argent, ou 240,000 liv. sterling, représenté par 12,000 actions, au capital nominal de fr. 500, ou 200 florins courants de Vienne, au pied de 20, ou 20 liv. sterling, chaque action.

Mais ne sont actuellement émises que 6,000 actions, formant moitié du capital, ou 3,000,000 fr., ou florins 1,200,000, ou liv. sterling 120,000.

L'autre moitié du capital ne sera émise qu'avec l'approbation de l'assemblée générale des actionnaires.

Les bénéfices nets réalisés seront répartis comme suit :

7 % pour l'amortissement du capital ;

3 % aux membres du conseil d'administration, au nombre de 6 ;

1 % aux commissaires, au nombre de 3 ;

2 % réservé pour les chefs d'exploitation et de fabrication, ou pour être répartis aux actionnaires, suivant décision du conseil d'administration ;

2 % pour imprévu et pour être employé suivant que le conseil d'administration avisera ;

10 % au directeur général, qui ne recevra aucun autre traitement fixe.

_____
25
75   aux actionnaires.
_____
100
_____

Sont nommés membres du conseil d'administration :

MM. le Chevalier DE STEGMAYER, *à Munich.*

le Comte DE SERCEY, *ancien ministre de France à Darmstadt, et ancien chargé d'affaires de France à Munich, à Paris.*

Commissaires :

MM.

Sont Banquiers :

MM. BECHET DETHOMAS ET Cᵉ, à Paris.

MM.   à Vienne.

MM.   à Londres.

Directeur général :

M. J. CHAUVITEAU.

IMPRIMERIE DE JULES-JUTEAU ET Cᵉ, RUE SAINT-DENIS, 345.

Extrait du Rapport

DE

M. LE BERGMEISTER (INGÉNIEUR) BAUR,

SUR LE

BASSIN HOUILLER

DE

MIESBACH,

En Bavière.

NOVEMBRE 1847.

PARIS.

IMPRIMERIE DE JULES-JUTEAU ET Cⁱᵉ,

RUE SAINT-DENIS, 345.

—

1848.

EXTRAIT DU RAPPORT

DE

M. LE BERGMEISTER (INGÉNIEUR) BAUR,

SUR LE

BASSIN HOUILLER

DE

MIESBACH.

Novembre 1847.

Traduction de l'Allemand (*).

NATURE DES TERRAINS AUX ENVIRONS DE MIESBACH.

Le terrain près de la surface, du pays au sud de Munich, entre cette ville, Sauerlach et Holzkirchen, est presque partout formé d'une brèche, consistant en galets calcaires, réunis par un ciment de même nature, et d'une couleur plus claire. Cette brèche dans laquelle on ne remarque aucun lit de stratification apparent, est surtout développée sur une grande échelle, dans la vallée du Mangfall, et dans celles de ses affluents, la Schlierach et la Leitzach. Quand les pentes de ces vallées sont douces, la brèche s'y avance

---

(*) On a élagué du rapport de M. Baur, qui est fort étendu, les longs détails géologiques, ainsi que tous les développements concernant les modifications à apporter dans l'exploitation.

assez loin, mais s'arrête au sud à l'approche des rampes élevées, tandis qu'au nord, elle s'étend sur la vaste plaine à l'est de l'Isar. Partout où elle n'a pas été déposée, comme sur les crètes qui séparent les vallées du Mangfall, de la Schlierach et de la Leitzach, et là où les eaux l'ont enlevée, comme dans le lit de ces ruisseaux, on retrouve l'ancien terrain formé de couches de calcaire et de marne, entre lesquelles perce le charbon, en veines de différentes puissances.

EXPLOITATION DANS BIBERG.

A l'ouest, nord-ouest d'Agathëried, au sud de Grub, on peut suivre sur un quart de lieue de longueur, une série de vieux trous, que l'on croit provenir de vieilles exploitations faites sur le charbon. — Ce qu'il y a de sûr, c'est que ces excavations montrent à nu la roche carbonifère et le charbon. — Cette série de dépressions du terrain, se continue jusqu'au voisinage de Biberg, près duquel est commencée une galerie d'écoulement qui a déjà 53 lachters de longueur, à travers bancs. — Elle a traversé 3 couches de charbon, la première, près de l'entrée, de 2 pieds 1/2 de puissance, et les deux autres, de 10 pouces chacune. — La dernière seulement a été suivie sur 42 lachters de longueur à l'ouest, et donne déjà 6 lachters de profondeur en-dessous de la surface. — Cette veine est d'une très belle allure. — Le charbon appartient à la variété appelée *pechkohle* pur. — L'allure de la veine est très régulière. — Aussi, peut-elle donner lieu à une exploitation lucrative. — Plus loin, en avançant dans la galerie, on rencontre encore de petites veines de charbon, avec marne bitumineuse, mais inexploitables. — A 60 lachters du front d'avancement, on doit arriver à une veine de 1 pied 1/2 à 2 pieds de puissance, reconnue par fouilles, et distante de 150 lachters des anciennes excavations sus-mentionnées. — A 40 lachters à l'ouest de cette galerie, on a reconnu les affleurements de ces couches, et leur allure paraît se maintenir également bien régulière vers l'est, d'après leur découverte à 50 et à 100 lachters de distance dans cette dernière direction.

EXPLOITATION DANS GROSSTHAL.

Au nord-est d'Agathëried, dans une vallée latérale de la Schlierach, est percée à travers bancs et dirigée vers le nord, une autre galerie d'écoulement. A 5 lachters du jour, elle a coupé une veine de charbon, qui se compose de deux parties, l'une de 18 pouces au mur, l'autre de 6 pouces au toit, séparée par un lit de matières stériles de 12 pouces. Dans cette veine, une voie de fond a été poussée vers l'est, sur 17 lachters de longueur, et dans ce parcours, on a déjà ouvert deux galeries de dépilage d'une semblable longueur.

Le charbon est pur, et offre dans sa composition des alternances de pechkohle et de cannel-kohle.

On ne peut douter que la qualité supérieure du charbon provenant des veines décrites précédemment, et la facilité de leur abattage, ne permettent d'en obtenir une exploitation favorable, aussitôt qu'on aura pu y établir un système de taille régulière.

A 3 lachters 1/2 plus loin, vient une seconde veine de 10 à 12 pouces d'épaisseur. — Jusqu'ici les points asséchés offrent une profondeur de 6 lachters en-dessous de la surface, mais en avançant, cette profondeur augmente rapidement, en raison du fort soulèvement de la montagne vers l'est.

Au sud d'Agathëried près de Geschwend, on a trouvé des indices de veines de charbon, mais d'une faible importance.

EXPLOITATION DE SULZGRABEN.

Les découvertes les plus importantes ont eu lieu dans les travaux de Sulzgraben, une des gorges qui débouchent dans le Leitzach. Au sud-est du village de Parsberg, on a mis en exploitation deux veines, l'une de 30 pouces, avec deux lits stériles de 6 à 8 pouces ensemble, et en-dessous un havage de 6 pouces de charbon. — Il reste entiers 18 pouces qui s'abattent en morceaux; cette veine a été suivie sur 120 lachters de longueur vers l'ouest, par une voie de fond, et par deux galeries d'abattage.

Poursuivie vers l'est, sur une étendue de 46 lachters, la veine a pris jusqu'à 3 pieds de puissance, y compris 2 bancs stériles de 6 pouces d'épaisseur totale. — Ici le mur est si tendre qu'on y peut faire le havage, par conséquent, ne rien faire passer du charbon au menu. La houille est très bonne, c'est un véritable pechkohle; toutefois, on doit veiller à ce qu'elle soit bien isolée des impuretés sans rien perdre du charbon.

EXPLOITATION DE LA MINE LITZELAU.

A 200 lachters plus haut, dans la vallée, on est entré en galeries à l'est et à l'ouest dans une veine dont les affleurements apparaissent de chaque côté du ravin. — La galerie Caroline (vers l'est) a toujours eu 12 pouces de charbon pur au toit, 18 pouces de charbon impur et 6 pouces de charbon pur au mur.

La galerie Pauline (vers l'ouest) conserve une égale épaisseur de

15 pouces, divisée par un banc stérile de 10 pouces, dans lequel se fait le havage.

En général, le charbon de cette veine est moins dur que celui des veines déjà décrites, et donne moins de gros.

A 30 lachters plus loin, à travers bancs, on a reconnu, mais non encore exploité, une veine de 3 pieds et demi d'épaisseur, y compris 6 pouces de banc stérile. — On a également peu de données sur les veines affleurant au-dessous de celles décrites dans la gorge de Sulzgraben.

En remontant au-delà de la veine, de 3 pieds 1/2 de puissance à 40 lachters environ, on trouve au pied d'une cascade de 50 pieds de haut l'affleurement d'une veine de 15 pouces; d'autres affleurements ont une moindre puissance.

FOUILLES SUR LE LEITZACH, PRÈS MULHAU.

Près de Mulhau, non loin et en-dessous du point où la route de Miesbach à Rosenheim traverse la Leitzach, on a reconnu sur la rive gauche de cette rivière, cinq veines peu éloignées les unes des autres, qui, du toit au mur, ont pour épaisseur 2 pieds, 1 pied, 1 pied, 4 pieds et 3/4 de pied.

Toutes les veines mentionnées jusqu'ici et les couches de calcaire et marne qui les contiennent ont toujours la même allure. Leur direction est heures 6,2, et leur inclinaison de 50° au sud.

Toutefois les dernières citées ont une inclinaison de 60 à 70 degrés, mais il ne sera pas possible de fixer avec certitude si cette différence avec l'inclinaison générale, remarquée sur tout le bassin, est positive, avant que les travaux ne soient plus développés sur ce point.

En-dessous de Miesbach, sur la rive gauche de la Schlierach, on a mis à nu, en deux points différents, au-dessus de la brèche, une puissante veine de 3 à 4 pieds d'épaisseur; à 100 lachters plus loin, une nouvelle veine de 12 pouces, et 100 lachters plus loin encore une troisième veine de 9 pouces. On ne les a pas étudiées, mais on peut déjà voir que le charbon en est de la qualité du plus pur *pechkohle*.

A l'ouest du Mangfall et du champ réservé par l'État, on a découvert une veine de 5 pieds, puis plus au sud, une seconde veine, dont la puissance n'est pas déterminée, et enfin une troisième de 1 pied 1/2 d'épaisseur, cette dernière au-dessous de la prise d'eau de Neumuhle.

Au point où la route de Miesbach à Folz et Tegernsée traverse la

Mangfall, tout près et en-dessous de *Muller Am Baum*, on voit les affleurements de deux veines, de 2 pieds l'une, et 16 pouces l'autre de puissance. En-dessus de *Muller Am Baum*, vient une autre veine de 18 pouces, enfin une quatrième à 5 minutes plus haut, se montre sur la rive gauche, mais on n'a pas encore mis sa puissance à découvert.

Tous ces affleurements indiquent que les veines sont formées du pechkohle pur. Plus haut on voit encore les affleurements de quatre veines, non exploitables, à en juger par ces mêmes affleurements.

En résumé de ce qui précède, on peut conclure, qu'au pied septentrional des Alpes, dans les environs de Miesbach, on trouve de nombreuses veines de houille régulièrement stratifiées, entre des assises de calcaire et de marne. Les nombreuses pétrifications de plantes que l'on rencontre dans ces dernières, et les couches uniquement formées de coquilles en quelques endroits, ne laissent aucun doute que ce chaînon des montagnes appartienne à la formation tertiaire. Le charbon est du lignite (braum kohle), en tant que l'on donne ce nom à tout charbon compris dans la formation tertiaire. Mais minéralogiquement, la houille de Miesbach est très différente du lignite ordinaire, et d'après ses propriétés antérieures sus-mentionnées, on doit la considérer comme houille (*schazkohle*), et même en grande partie comme *pechkohle et cannel-coal*.

Toutes les observations que j'ai pu faire, tous les travaux exécutés jusqu'à ce jour, permettent de croire à la parfaite régularité de toutes les veines inférieures, dans le bassin de Miesbach, et ne laissent pas de doute sur la facilité de leur exploitation.

Les essais faits à Escheweiller, sur l'emploi des charbons de Miesbach à l'éclairage au gaz, et au travail des fours à pudler, confirment les qualités promises par leurs propriétés antérieures, et les bons résultats que j'ai pu constater, de leur emploi aux foyers domestiques et aux feux de forge.

Ayant reçu communication d'un traité fait avec la compagnie impériale de navigation sur le Danube, qui assure déjà un écoulement annuel important, et qui laisse un prix net au point d'extraction de 20 kreutzers par quintal (*), je n'ai plus qu'à m'assurer si le charbon est exploitable à peu de frais, et quelle peut être la durée d'une telle exploitation.

(*) 1 florin de Bavière, — 60 kreutzers.

  1   d°   d°   — 2 francs 16 centimes.

  1 kreutzer,   — 0 francs $03,\frac{60}{00}$ centimes.

Pour ce qui concerne les frais d'exploitation , le travail en est grandement favorisé par les inégalités de la surface , et l'élévation des veines jusqu'au jour, puisque partout on peut déjà, presque sans aucun percement de galerie d'écoulement dans la roche, exploiter des champs d'abattage d'une étendue considérable, mais qu'en outre, au moyen de galeries d'écoulement relativement peu importantes, on peut assécher ces mêmes veines à des profondeurs encore considérables ; de telle sorte, que l'exploitation du charbon est assurée pour de longues années, sans nécessiter l'emploi de machines d'épuisement.

Tous frais quelconques relatifs à l'exploitation du bassin de Miesbach étudiés et analysés, il ne reste aucun doute qu'avec les prix sus mentionnés, et un débit assuré, on ne puisse y établir une exploitation très lucrative.

La roche encaissante est en général, solide au toit, ce qui nécessite peu de boisage, et tendre au mur, particularité utile pour se procurer des remblais.

Les bois peuvent être livrés a la mine à très bas prix. La main-d'œuvre dans le pays étant peu élevée, les frais généraux ne doivent pas dépasser ici le taux ordinaire qu'ils atteignent dans les exploitations placées dans les conditions les plus favorables.

Une des choses à éviter, c'est l'emploi de mineurs étrangers, dont la présence peut faire augmenter le salaire général des ouvriers du pays. Ceux-ci doivent être bientôt assez instruits pour qu'on puisse leur confier tous les travaux, d'ailleurs très faciles , qui peuvent se présenter dans les terrains de Miesbach.

Enfin, quant aux sièges actuels des travaux, une étude plus approfondie doit faire décider si on les conservera, ou bien s'il faudra en ouvrir d'autres, mieux appropriés aux moyens d'écoulement des produits.

Imprimerie de Jules-Juteau et C., rue Saint-Denis, 345.

MÉMOIRE

SUR LA

HOUILLÈRE DE MIESBACH,

PAR

Le D^{or} NOEGGERATH,

*Conseiller intime au corps royal des mines de Prusse,
et Professeur ordinaire de Minéralogie et de Science des mines
à l'Université royale du Rhin.*

Traduction de l'Allemand.

Bonn, 10 décembre 1847.

J'ai sous les yeux les manuscrits suivants relatifs à la houillère de Miesbach, en Bavière :

1° Observations lors du parcours de cette contrée, en novembre 1847, par M. le Bergmeister (*Ingénieur*) Baur ;

2° Remarques additionnelles sur cette mine, relatives à ses rapports commerciaux, par M. Frédéric Graëser.

Je suis invité à donner mon avis sur la valeur de cette mine et son importance industrielle ; surtout quant au fond de ces deux documents.

C'est une chose délicate, en général, de porter un jugement sur une mine que l'on n'a pas vue et examinée soi-même, et je me trouve dans ce cas.—Aussi me verrais-je forcé de refuser l'avis qu'on me demande, si je ne connaissais tout ce que le rapporteur tehnique, M. le Bergmeister Baur, offre de garanties les plus avantageuses dans la profondeur de ses connaissances, dans la bonne foi de ses communications, dans son jugement prudent et jamais exagéré en ce qui concerne les mines.

D'après cela, je puis prendre ces observations pour base solide de mon appréciation.— Ajoutons encore que je connais parfaitement par mes propres études, les charbons de Miesbach, et en général tout le territoire où est situé ce dernier point, et que quant aux circonstances du commerce et du débit du charbon, elles peuvent être facilement jugées sur les matériaux présentés à ce sujet.

Ce sont là les bases qui me déterminent dans le jugement à prononcer ici, jugement qui ne peut être pris que dans une acception générale, car le temps manque pour des expériences qui exigent quelque durée, particulièrement pour ce qu'il y a de probable dans les produits à en espérer.

D'après ce qui se présente, l'entreprise porte le caractère d'une affaire grandiose, bien établie sous toutes ses faces, durable et très avantageuse.

L'existence du produit en charbon, dans une étendue considérable, et sur une puissance qui pourra largement payer l'exploitation, est parfaitement démontrée. Les circonstances du gisement de la houille sont telles que pour atteindre une grande extraction, il ne sera pas nécessaire de travaux préparatoires très couteux, et que l'abattage pourra s'exécuter pendant de longues années, sans machines d'épuisement.

M. le Bergmeister Baur a clairement démontré que l'abattage du charbon peut s'exécuter sans grands frais, et que dans un bref délai, il sera possible d'en amener au jour une grande masse, qui peut bientôt encore prendre un accroissement considérable, au moyen de quelques travaux préparatoires projetés, de peu d'importance.

Cette faculté d'augmenter à volonté les points d'extraction, dans un champ aussi vaste, donne la parfaite assurance de pouvoir fournir, plus tard, toute quantité voulue.

Quant à ce qui regarde le charbon en lui-même, en ne tenant compte que de sa présence dans le terrain tertiaire, on pourrait l'appeler un lignite (braun-kohle); mais d'après sa nature minéralogique propre, il n'en est pas ainsi, et même on peut l'appeler en toute sécurité charbon noir, schwartz kohle. — Beaucoup d'autres charbons noirs des vieilles formations du véritable terrain houiller, ne valent pas celui-ci.—Du moment que M. Baur le nomme *cannel-coal* ou *pech-kohle,* sa propriété devrait par là être suffisamment démontrée.

D'après l'habitus général de ce charbon, il n'y a pas à mettre en doute le résultat des expériences rapportées dans le mémoire de M. Graëser, sur sa tenue au feu, dans les emplois industriels les plus variés. Un charbon qui s'applique si complètement à l'éclairage au gaz, au chauffage des chaudières à vapeur, et à la production du coke, peut être regardé comme d'un bon emploi dans l'usage domestique, quelle que soit la manière d'en utiliser la chaleur.

Qu'on introduise dans une contrée, un nouveau combustible, même préférable à celui employé précédemment à des usages semblables, on verra que toujours au commencement, on aura quelques difficultés avant que l'ancienne habitude ne soit détruite, et les dispositions des foyers changées. — Le même cas se présentera également ici, mais cela ne durera que peu de temps, car, le charbon en raison de ses excellentes qualités se fraiera bientôt un passage dans le voisinage et dans un plus grand éloignement.

M. Graëser a clairement fait ressortir dans son mémoire, l'heureuse position dans une contrée, d'un dépôt houiller, que sa situation isolée met à l'abri de toute concurrence pour la vente ; il explique que les moyens d'écoulement se dessinent si bien, que de ce côté important, l'entreprise doit apparaître comme très assurée, et pouvant par la suite étendre considérablement sa base.

De même, le privilège de pouvoir à l'exclusion de toute concurrence, exploiter ces charbons sur l'étendue d'un district de 32 lieues carrées, a une énorme valeur ; car les recherches possibles de dépôt houiller dans la même contrée sont interdites. D'un autre côté, on peut aussi espérer du gouvernement Bavarois, défense et protection en faveur des développements et extensions d'une entreprise si utile au pays, et qu'il a si particulièrement et si extraordinairement favorisée lors de sa création primitive.

Dans ce peu de mots où sont exprimés mes plus intimes convictions, je crois avoir présenté mon opinion, très favorable d'ailleurs, sur cette entreprise en général. Une étude locale plus minutieuse serait indispensable, pour donner plus de développement à cette opinion générale qui serait certainement confirmée, à en juger d'après les matériaux fournis par M. le Bergmeister Baur.

Signé : D^{or} NOEGGERATH.

Imprimerie de JULES-JUTEAU et Cie, rue Saint Denis 345.

RAPPORT

SUR LE

GISEMENT CARBONIFÈRE DES ENVIRONS

DE

MIESBACH;

RAPPORT

SUR LE GISEMENT CARBONIFÈRE

DES ENVIRONS

DE

MIESBACH,

PAR

M. MALISSART,

Ingénieur des Mines du Cercle d'Aix-la-Chapelle.

Paris,

IMPRIMERIE DE JULES-JUTEAU ET Cie,

RUE SAINT-DENIS, 345.

1848.

INTRODUCTION.

Le versant septentrional de la chaîne des Alpes, qui sont en grande partie composées de calcaire anthraxifère, présente à sa base une grande bande secondaire renfermant un combustible dont les propriétés se rapprochent beaucoup de celles de la houille.

Cette formation si extraordinaire et si étendue a déjà fait le sujet des recherches de beaucoup de géologues, et les savants qui se sont occupés de l'étude de ces terrains ont souvent varié dans l'appréciation de leur âge géologique.

Le but de mes propres observations n'est point de rien ajouter à l'autorité de ces hommes célèbres. Je me propose seulement d'examiner la nature du charbon renfermé dans le district dont il est question, l'importance de l'exploitation à laquelle il donnera lieu et d'indiquer les ressources qu'on peut en tirer pour l'industrie.

Ce travail sera divisé en deux parties bien distinctes :

Dans la première, j'examinerai la position et les caractères géologiques du gisement, et je ferai le récit détaillé des travaux exécutés et des découvertes faites jusqu'à ce jour.

Dans la seconde, j'entreprendrai de démontrer l'importance de cette concession et les bénéfices qu'on est en droit d'attendre d'une exploitation faite sur une grande échelle.

La première partie comprendra les articles suivants :

1° Position géographique de la concession de Miesbach ;

2° Titres de concession ;

3° Ses limites et son étendue ;

4° Caractères géologiques des terrains ;

5° Propriétés physiques du combustible ;

6° Travaux d'exploitation et de recherche ;

7° Système actuel d'exploitation ;

8° Production et résultats obtenus dans les derniers temps.

La seconde partie traitera les questions suivantes :

1° Importance géologique et industrielle de la formation ;

2° Direction nouvelle à donner à tous les travaux ;

3° Produits possibles de l'exploitation ;

4° Enfin, revenus futurs de l'affaire.

PREMIÈRE PARTIE.

1° POSITION GÉOGRAPHIQUE.

Le gisement carbonifère qui fait le sujet de ce rapport, est situé dans la partie méridionale de la Bavière, et occupe une très grande partie du district de Aibling et de Miesbach, à 14 lieues S. E. de Munich.

2° TITRES DE CONCESSION.

La présence d'un combustible fossile, mis à nu par l'action corrosive de l'eau dans les ravins, a donné lieu à la recherche des veines et, par suite, à une demande en concession. Sa Majesté le roi de Bavière, agissant dans les limites de ses droits constitutionnels, a octroyé cette concession, en date du 24 février 1847, en fixant provisoirement sa durée à un terme de 50 ans. Mais, en vertu des lois du pays, elle deviendra perpétuelle pour les couches qui, pendant ce temps, auront fait l'objet d'une exploitation régulièrement suivie.

Plus tard, les propriétaires ayant reconnu la prolongation vers l'ouest du dépôt carbonifère au-delà des limites primitivement assignées, ont obtenu le droit d'exploiter les couches dans toute leur étendue et sur leur prolongement à l'infini; la législation des mines en Bavière assurant la propriété complète d'une veine du moment qu'on y a commencé un travail régulier et productif.

En octroyant la concession, le gouvernement a détaché une petite partie du périmètre demandé et se l'est réservée spécialement pour le chauffage des chaudières de ses salines, lorsque, dans un avenir très éloigné, ses immenses forêts ne pourront plus lui fournir la quantité de bois qui lui est nécessaire.

Cette partie de terrain réservée est située à l'ouest de la concession et occupe une superficie de 1,345 hectares. Elle est comprise entre deux ruisseaux, le Mangfall et le Schlierach, et consiste en une montagne peu élevée et dont la surface est très accidentée.

3° LIMITES ET ÉTENDUE.

La concession accordée en 1847, et dont le plan est joint à ce rapport (1), est limitée au nord par la vallée du Mangfall, depuis le pont de Muhlthal jusqu'à l'église de Au.

A l'est, par la vallée de l'Inn, en passant par Grossholzhausen.

Au sud, par la chaîne de montagnes des Alpes Tyroliennes jusqu'au lac Schliersée et les sommets du Gindelalpe et du Sulzberg.

Enfin, à l'ouest, par le ruisseau Schlierach jusqu'à son confluent avec le Mangfall.

La surface totale de cette immense concession contient 19,368 hectares ou environ 12 lieues carrées, et en développant en surface les terrains sur lesquels s'étendent les couches concédées en dehors de ce périmètre, on peut évaluer que la concession présenterait une étendue au moins double de celle ci-dessus indiquée. Elle est assez accidentée et renferme des montagnes de plus de mille pieds d'élévation formant les premières ondulations des Alpes qui montrent au loin les cimes élevées des terrains anciens.

4° CARACTÈRES GÉOLOGIQUES.

Le géologue qui entreprend pour la première fois de parcourir cette belle partie de la Bavière, est frappé, dès les premiers pas, de la régularité toute exceptionnelle qu'on observe dans l'allure des terrains, et de la succession constante des bancs de roches homogènes qui les composent. Ses études sont singulièrement facilitées par la disposition des lieux, et il lui suffit de suivre pendant quelques jours les ruisseaux et les ravins pour y reconnaître, avec certitude, les caractères géognostiques en même temps que le développement considérable de cette importante formation. Dans la partie septentrionale qui est moins tourmentée, et généralement dans les plaines, ses recherches sont plus difficiles et souvent même impossibles, parce que les terrains anciens sont cachés par des bancs épais de gravier, qui, avec le terrain tourbeux, recouvrent la surface de presque toute la Bavière. Ces graviers, qui passent à la gompholite en se rapprochant des montagnes, sont employés dans tout le pays à la construction des routes.

Ils sont formés de cailloux roulés de différentes grosseurs, quel-

(1) Ce plan est à une très petite échelle ; chaque carreau à 2,320 mètres de côte.

quefois libres dans le sable, quelquefois liés par un ciment calcaire très cohérent, de manière à composer un poudingue fort dur. Les fragments qui entrent dans la composition de cette roche sont principalement de calcaire; mais, il y a aussi des grès, des psammites, des quartz, des granites, et beaucoup d'autres roches semblables à celles qui composent le dépôt désigné en Suisse par le nom de *Nagelfluth,* faisant partie de l'étage moyen du terrain diluvien. Le gîte de combustible est donc compris entre ce Nagelfluth au nord et le calcaire anthraxifère au sud.

Les montagnes qui le renferment ont plus de 1,000 mètres de hauteur au-dessus du niveau de la mer, et l'on peut, en suivant les cours d'eau, reconnaître parfaitement la succession des roches dont elles sont composées. Ces roches, à stratification concordante avec celle des terrains plus anciens, sont des alternances de grès, de calcaire compacte et fétide, de marne souvent schistoïde, d'argile schisteuse endurcie et de macigno. Elles renferment des débris fossiles du règne animal et végétal. Les premiers forment, tantôt de petits bancs intercalés dans les autres roches, tantôt se trouvent dans les lits schistoïdes qui recouvrent immédiatement le charbon. Ce sont des coquilles se rapportant au genre huître, cythérée, cérite et turritelle.

Quant aux fossiles végétaux, on n'a encore rencontré jusqu'à présent que des empreintes de feuilles de hêtre, de saule et de platane.

La direction générale de toutes les couches de ce terrain est est-ouest, et leur inclinaison de 45° à 50° vers le sud, comme celle des terrains plus anciens formant la ceinture des montagnes au midi.

D'après cette disposition, on pourrait être très facilement porté à croire à une supériorité du terrain anthraxifère sur les couches à charbon; mais toute incertitude doit disparaître devant les principes géologiques et l'observation d'autres formations analogues.

Ainsi cette position anormale des couches carbonifères ne peut être attribuée qu'aux dislocations dues aux soulèvements calcaires qui ont occasionné le renversement des couches.

Le gîte de combustible dont nous nous occupons appartient donc aux terrains secondaires, et plus spécialement à la formation jurassique. Nous verrons cependant plus loin qu'il contient un charbon qui a toutes les propriétés physiques de la houille. Ce fait assez extraordinaire n'est cependant pas nouveau dans la science, car il a été constaté déjà dans plusieurs dépôts des Alpes par MM. Brongniart et Elie de Beaumont, et en Toscane par MM. Savi et Collogno. Ce qu'il y a surtout de très remarquable, et ce qui a particulièrement attiré mon attention, c'est l'analogie qui existe entre cette formation et le véritable terrain houiller, tel qu'il se trouve à Saarbruck en Prusse et dans le Lancashire en Angleterre. Ainsi quoique les roches ne soient pas toujours parfaitement identiques, cette similitude se manifeste d'une manière frappante dans la disposition des bancs, dans leur allure, leur puissance et leur structure. Ainsi, en faisant un examen attentif et détaillé de ces différents bassins, on est porté à croire que, bien qu'ils soient d'âges fort différents, leur formation a dû être produite dans les mêmes circonstances. En effet, si l'on considère que la houille n'a d'autre origine que celle de la tourbe, qui a été ensuite transformée plus tard, par suite de l'action lente et moléculaire de la chaleur centrale des temps primitifs, on concevra facilement qu'il suffit que, dans certaines contrées, l'action du feu souterrain se soit prolongée plus que dans d'autres, pour que de la houille ait pu se former dans des positions qui ont été considérées jusqu'ici comme anormales.

D'ailleurs, lorsque j'aurai fait le récit des travaux exécutés dans les environs de Miesbach et des découvertes importantes qu'on y a faites, on verra clairement que l'exploitation d'un tel gîte de combustible, n'est pas plus difficile que celle de toute autre mine de houille, et qu'elle a une probabilité de succès, d'autant plus grande, que le nombre des couches est très considérable et que le dépôt a une très grande extension.

5° PROPRIÉTÉS PHYSIQUES DU CHARBON.

S'il est vrai que les roches du bassin de Miesbach sont d'une autre nature que celle des terrains houillers ordinaires, il n'en est pas de même du combustible qu'il contient, qui a la plus grande analogie avec certaines espèces de houille d'Angleterre et de Belgique. Parmi les couches qui ont été jusqu'ici explorées, et que j'ai toutes examinées avec soin, on a observé dans le charbon une très grande pureté et l'absence complète de pyrite de fer. Sous le rapport de leur combustion et plus encore sous celui de leur texture, je diviserai ces charbons en trois catégories distinctes que j'appellerai :

a. Houille feuilletée et friable.

b. Houille compacte à surface lisse et luisante.

c. Houille compacte et striée.

a. La houille feuilletée est la variété la plus rare du bassin. On ne l'a rencontrée encore que dans un très petit nombre de couches. Elle est ordinairement assez friable, et ressemble aux qualités médiocres des houilles ordinaires. Généralement, elle est d'un beau noir; mais quelquefois ses feuillets sont recouverts d'un enduit gris terreux, qui donne au menu l'apparence de terre houille, et ne permettrait de l'employer qu'à la cuisson des briques et de la chaux.

Mise au feu, elle donne une fumée grise avant l'inflammation, et brûle avec assez de facilité, en produisant une flamme un peu jaune, il est vrai, mais longue et abondante. Pendant la combustion, elle se délite et tombe en petits fragments, ce qui est un des caractères du lignite. Le résidu cinéreux est tout-à-fait blanc et peu considérable.

En un mot, ce charbon feuilleté est la qualité la plus inférieure du combustible de Miesbach, et celle qui, en brûlant, a le plus d'analogie avec les lignites compactes, dont elle se distingue, cependant, par son aspect, sa couleur et sa texture.

b. La seconde catégorie de charbon, au contraire, est celle qui, jusqu'à présent, a été le plus employée, et dont l'introduction dans le commerce est très facile, car elle a la plus belle apparence qu'on puisse désirer. Elle est d'un beau noir éclatant, sa cassure est unie ou conchoïde, et l'on y remarque souvent la division imparfaitement prismatique due au retrait. Sa dureté est telle que la plupart des couches qui en sont formées, ne donnent presque pas de menu, et qu'on obtient des blocs énormes et de formes régulières.

De petites pellicules de chaux carbonatée et des rainures de bois silicifié sont au nombre de ses éléments accessoires.

Par sa structure et sa combustion, ce charbon a beaucoup d'analogie avec le *cannel-coal* des Anglais, et allumé promptement par la flamme d'une bougie, il s'éteint aussitôt qu'on le retire, s'éloignant en cela des lignites avec lesquels on pourrait le confondre, à cause de son aspect quelquefois syloïde. Sa combustion, assez rapide, développe une grande chaleur, et produit une belle flamme longue et blanche. Quoique ses fragments ne s'agglutinent pas, on obtient, sous l'action du soufflet, une température blanche, qui permet de s'en servir pour forger des pièces de petites dimensions. D'ailleurs, il est évident que quand les forgerons auront acquis une certaine habitude de son usage, ils le préféreront au charbon de bois, qui est exclusivement employé dans le pays pour la forge.

c. La troisième catégorie de charbon a la plus grande analogie, sous le rapport des caractères extérieurs, avec le charbon *flénu de Mons*, dont l'usage est si généralement répandu pour la fabrication du gaz pour l'éclairage. Comme ce dernier c'est une houille à longue flamme, et il produit de très beaux blocs à surface striée bien nette et d'un noir très éclatant. On n'y remarque aucune trace de matières sulfureuses, et le résidu de la combustion est une cendre blanche peu abondante.

D'après tout ce qui précède, on voit que les caractères distinctifs des houilles de Miesbach sont d'être dures, compactes, pures, flambantes, mais non collantes. Elles peuvent donc être employées à tous les usages pour lesquels les propriétés des houilles tout-à-fait grasses ne sont pas indispensables, comme par exemple, dans la fabrication du coke, pour l'alimentation des hauts-fourneaux. Elles peuvent être rangées parmi les charbons convenables, à la production de la vapeur dans les générateurs et aux procédés métallurgiques où l'on fait usage de fours à reverbère.

Comme le *cannel-coal* et le *flénu,* je ne doute pas que la houille de Miesbach ne soit très propre à la fabrication du gaz, et il est facile de voir à sa combustion que, non seulement on obtiendrait dans ce cas un volume de gaz très grand, mais aussi que son pouvoir éclairant serait considérable. Ce résultat, du reste, a déjà été constaté par l'expérience, car cette houille a été essayée à Eschweiler dans le gazomètre de M. Graëser, et le volume de gaz obtenu pour le même poids de charbon a été plus grand qu'avec la houille du bassin d'Eschweiler.

Des essais ont aussi été faits dans les fours à pudler de l'établissement de MM. Michiels et Cᵉ, à Eschweiler Aue, et ont donné les résultats suivants, comparativement avec ceux des houilles d'Eschweiler.

Les fours à pudler ayant été chauffés de part et d'autre avec la même quantité de charbon, les loupes ont atteint la température voulue dans le même temps. De plus on a observé que les chaudières chauffées avec la flamme perdue des fours à pudler, ont constamment fourni une plus forte pression de vapeur là où était employée la houille de Miesbach, ce qui doit être attribué à la grande longueur de la flamme qu'elle produit.

Au four à chauffer, l'essai n'a pas été aussi favorable au charbon de Miesbach, parce que les grilles appropriées aux houilles plus denses de Liège et d'Eschweiler, avaient des dimensions trop restreintes. On était donc obligé, pour éviter l'introduction de l'air froid dans le foyer par des chargements trop fréquents, de jeter sur la grille une grande épaisseur de charbon. Il en résultait alors un dégagement de gaz tellement volumineux que la flamme s'échappait avec force par les plus petites ouvertures et par les crevasses du four.

Le calorique qu'elle contenait n'étant pas employé à l'effet utile, on était obligé de charger une plus grande quantité de combustible pour obtenir sur la sole du four la température voulue. Il est probable qu'une légère modification dans les dimensions et la disposition du foyer permettrait de tirer parti de tout le calorique développé et de réduire la consommation aux limites ordinaires.

Les paquets de 180 kilogrammes destinés au laminage des rails et traités avec le charbon de Miesbach, ne donnaient pas de batitures et avaient une belle couleur bleuâtre, ce qui est dû en grande partie à l'absence du soufre dans le charbon.

L'expérience a prouvé aussi que l'emploi du combustible de Miesbach pour le chauffage des chaudières sur les bateaux à vapeur, remplissait parfaitement le but, et je ne doute pas qu'on ne parvienne aussi à en faire usage pour l'alimentation des locomotives, qui, en Bavière, marchent avec la tourbe.

Ce charbon sera aussi très convenable à la cuisson des briques et de la chaux, et peut-être parviendra-t-on aussi à l'employer au traitement direct des minerais de fer dans les hauts-fourneaux, comme les anthracites d'Angleterre, d'après le système Nëilson appliqué avec tant de succès dans les fonderies de fer d'Écosse.

On voit par ce qui précède, quel avenir peut présenter l'exploitation d'un combustible propre à tant d'usages divers dans un pays où jusqu'ici on n'a employé que le bois ou la tourbe.

Je n'entreprendrai point de traiter la question des débouchés, qui sort des limites de la mission dont j'ai été chargé, et je passerai immédiatement au récit des travaux de mine exécutés dans le district de Miesbach et d'Aibling.

6° TRAVAUX D'EXPLOITATION ET DE RECHERCHE.

Les montagnes qui renferment la concession, placées en avant des Alpes Tyroliennes, sont sillonnées de nombreux et profonds ravins dont la direction ordinaire est du nord au sud. En parcourant ces ravins, on remarque la superposition des différentes couches de terrain, et ce sont là des tranchées naturelles qui, observées avec soin, mettent le mineur sur la voie des richesses renfermées dans ce vaste bassin.

Plus de huit points principaux ont fait le sujet de mes investigations, et partout j'ai été frappé de la régularité si remarquable de cette formation en même temps que de la grande distance qui sépare chacun de ces points. Dans cet examen, mon but a été de m'assurer de la présence du combustible dans toute la surface de la concession, et d'étudier l'allure des terrains et la nature des couches.

Je vais passer en revue chacune des parties les plus intéressantes de la concession, pour déterminer les limites et les contours du bassin.

Pour mettre plus de clarté dans cette description, j'examinerai successivement chacun de ces points, en commençant à l'extrémité Est de la concession, et me dirigeant ensuite vers l'Ouest où les travaux d'exploitation et de recherche ont été plus concentrés.

Ruisseau Rombach.

La partie la plus orientale de la concession, où l'on ait jusqu'ici observé les affleurements des veines de charbon, est un ruisseau très sinueux, et dont les berges sont très escarpées. Le parcours attentif de ce ravin m'a permis de reconnaître les affleurements de plusieurs couches indiquées sur le plan de concession par des raies noires, et parmi lesquelles j'ai admis comme exploitables celles désignées par les lettres A B C, et ayant pour puissance de 0, 62 mètre à 0,95 mètre.

Ces couches alternent avec des bancs de grès, de calcaire marneux dur et compact, de marne schisteuse et de macigno. Leur direction est E-O 15° au nord, et leur inclinaison vers le midi de 48°.

Les montagnes qui bordent le ravin et dans lesquelles s'enfoncent les couches sont très hautes et très étendues, de telle sorte que ce point pourrait déjà donner lieu à une exploitation fort importante.

Grube au ruisseau Kaltenbach.

Au nord de la recherche précédente et toujours dans la partie orientale de la concession, on a découvert, dans le ravin Kaltenbach, des affleurements qui ont déjà donné lieu à une exploration assez importante pour pouvoir juger de l'allure des veines et de la qualité du charbon. Au point où ces couches ont été reconnues, le ruisseau, coulant à peu près dans le sens de la direction des terrains, on peut constater et suivre l'affleurement de la première veine, en cinq points différents, et ce, sur une distance de 215 mètres.

Elle pourrait donc être attaquée en deux endroits, puisque là elle entre dans les montagnes qui bordent le ravin. Ce travail a déjà été commencé au point E, où l'on a pratiqué dans la couche, une galerie d'allongement, qui a maintenant 72 mètres de longueur.

La veine dont l'allure et la puissance sont toujours restées parfaitement régulières, a une épaisseur totale de 39 pouces, et est séparée en deux layes par un petit banc de schiste calcareux, de 0,15 mètre à 0,20 mètre d'épaisseur, dans lequel s'opère le havage.

La laye inférieure a 0,46 mètre de puissance, et celle du toit 0,35 mètre. La houille fournie par cette couche appartient à la deuxième catégorie et a beaucoup d'analogie avec le *cannel-coal*.

Elle est ordinairement bien pure, compacte, d'un beau noir, et fournit une très grande proportion de grosse houille.

Accidentellement, la partie supérieure contient des fragments de roches siliceuses, qui ne sont autre chose que des pétrifications de bois, mais cela est rare et n'altère guère la qualité du charbon.

Le toit et le mur de la couche sont composés de bancs calcaires bien compacts et bien durs, et dont la pente est toujours d'une régularité remarquable. — La seconde couche D, qui se trouve à 48 mètres au nord de la précédente, a été suivie par une galerie d'allongement de 65 mètres de longueur, et a une puissance totale de 0,92 mètre, divisée en deux parties par un lit de marne schisteuse de 0,04 mètre à 0,05 mètre d'épaisseur.

L'exploitation de cette couche n'est pas aussi avantageuse que celle de la précédente, parce que le charbon qu'elle fournit est beaucoup plus tendre. C'est une houille feuilletée, assez friable, mais dont on pourra cependant obtenir des blocs, surtout dans un dépilage régulier, ce qui n'a pas eu lieu jusqu'à présent, puisque le but du travail n'était que de s'assurer de la continuité de la veine et de constater la qualité du charbon qu'on pouvait en obtenir.

Après avoir parcouru ces deux galeries, j'ai continué mes investigations en suivant le ruisseau dans la direction nord. Partout j'ai pu observer la même succession de terrains, cette direction et cette inclinaison si singulièrement constante, et de temps en temps des affleurements de couches qui paraissent peu puissantes, mais sur la valeur desquelles on ne peut pas encore se prononcer, puisqu'on n'y a fait aucun travail d'exploration.

Arrivé au point F, à 2,045 mètres de distance de la mine que nous venions de visiter, j'ai pu constater dans le lit du même ruisseau une succession d'affleurements de 8 couches sur une distance de 35 mètres.

Cinq d'entre elles avaient une puissance de 0,12 mètre à 0,15 mètre et les trois autres une épaisseur bien déterminée de 0,90 mètre.

Ces dernières étaient composées de très beau charbon dur et compact, appartenant à la qualité que j'ai rapportée au *cannel-coal*. Ces trois couches, d'après leur direction, entrent dans la montagne qui forme la rive droite du ruisseau, et qui atteint à une certaine distance une hauteur considérable (800 pieds).

Ce point fournirait donc déjà, par l'exploitation de ces trois couches seulement, une grande production, et pourrait acquérir plus d'importance encore par la découverte d'autres couches qui, en affleurement, paraissent inexploitables, mais qui le deviendraient peut-être, si elles étaient recoupées dans la montagne à une certaine distance de la surface, au moyen d'une galerie à travers bancs.

De plus, l'embouchure des galeries serait très bien placée pour l'exportation vers le Danube, car elle se trouve très près de la grande route et dans la partie de la concession la plus rapprochée du port d'embarquement Rosenheim, sur l'Inn.

Muhlhau.

Si après avoir terminé l'examen des couches dont je viens de parler, on revient vers Miesbach, en se dirigeant, par conséquent, à l'ouest, on rencontre à plus d'une demi-lieue de la mine Grube, le ruisseau Leitzach, dans le lit duquel six veines ont été découvertes (point G du plan de concession).

Couche n° 1.

La première veine avait près de son affleurement une puissance de 0,62 mètre de charbon pur et de très bonne qualité. En la suivant par une galerie horizontale, on a observé des changements d'épaisseur très fréquents, sans que pour cela son allure variât le moins du monde. A environ 52 mètres du ruisseau, la couche s'est partagée en plusieurs layes qui paraissent aller se perdre et se terminer en pointe, car à l'endroit où je l'ai vue, elle s'était réduite à quelques centimètres de puissance, et le terrain était complètement failleux.

Couche n° 2.

Cette veine qui a été suivie sur une longueur de 60 mètres, avec une épaisseur variable de 0,15 mètre à 0,30 mètre, présentait à cette distance un rétrécissement au centre de la galerie. Cet accident de peu d'importance, n'avait nullement changé la direction de la couche, ni la nature du toit et du mur; c'était probablement le commencement de la zône irrégulière, qui a déjà été suivie sur une certaine longueur dans l'autre galerie.

Couche n° 3.

Contrairement aux précédentes, la couche n° 3 qui, dans le ruisseau n'avait que 0,12 mètre d'épaisseur, a atteint à 11 mètres de distance, une puissance de plus de 0,52 mètre , et a été poursuivie dans les mêmes conditions sur plus de 60 mètres par une galerie d'allongement. Son toit, d'une régularité exceptionnelle, est composé de grès bien compact et parfaitement résistant. Le mur est du calcaire marneux, fétide, assez solide, mais dans lequel cependant le creusement de la galerie peut être exécuté avec assez de facilité.

Couche n° 4.

Cette veine a été explorée par une galerie en direction de 65 mètres de longueur. Elle a 1,10 mètre de puissance totale ; mais elle est tellement mélangée de pierres, qu'on ne peut compter que sur une épaisseur de 0,12 mètre de charbon. Son exploitation serait donc d'autant plus désavantageuse, qu'il serait certainement impossible d'en obtenir du charbon propre.

Couche n° 5.

Cette couche, suivie sur une longueur de 44 mètres, présente un exemple frappant de régularité dans sa direction et son inclinaison. Sur toute cette distance, parfaitement rectiligne , le toit, d'une solidité presque sans exemple , n'est soutenu par aucun boisage et permet de mesurer partout une inclinaison régulière de 50° vers le sud. La puissance de la veine est de 0,27 mètre , et le charbon qu'elle fournit est de bonne qualité.

Couche n° 6.

Cette veine, que l'on n'a poursuivie que sur une longueur de 12 mètres , est divisée en deux bandes par un lit de pierres de 0,06 mètre d'épaisseur. La laye supérieure a 0,15 mètre , et l'inférieure 0,10 mètre de puissance.

Il résulte de l'examen de cette partie de la concession que les couches reconnues à Mulhau se sont présentées, en général, dans des conditions désavantageuses, tant sous le rapport de leur puissance que sous celui du charbon qu'elles fournissent. Cependant leur position à proximité de la grande route, et leur direction dans une montagne assez élevée, m'engagent à conseiller encore une recherche peu coûteuse ; car il pourrait bien se faire que ces couches, qui sont irrégulières près du ravin, là où la montagne est encore toute bouleversée, il pourrait se faire, dis-je, qu'elles devinssent plus puissantes et plus régulières. La recherche consisterait à pratiquer une galerie dans la couche du milieu jusqu'à 300 ou

400 mètres dans la montagne, et de faire en ce point, à droite et à gauche, des galeries à travers bancs, pour recouper les autres couches, et s'assurer si elles n'ont pas changé de nature.

Sulzgraben.

Le Sulzgraben , qui se trouve au centre de la concession, est maintenant le point d'exploitation le plus important et celui où les travaux ont atteint le plus grand développement. C'est aussi l'endroit où j'ai pu étudier avec le plus de facilité la succession et l'allure des terrains qui se dessinent parfaitement dans le lit et sur les bords du ruisseau.

Les travaux actuels consistent, comme dans les autres endroits, en galeries d'allongement pratiquées dans chaque couche, à partir de son affleurement. Ces galeries entrent dans une montagne qui a plus de 1,000 pieds de hauteur, et l'on peut observer en aval deux chutes d'eau, une de 50 et l'autre de 80 pieds, au bas desquelles il serait convenable plus tard de faire une galerie à travers bancs pour recouper les couches à une plus grande profondeur (56 mètres au-dessous du niveau actuel). En remontant le ruisseau, à partir de la première cascade , on obtient la coupe de terrain suivante :

1° Bancs de poudingue quartzeux et calcaire, de 2,15 mètre de puissance.

2° Bancs de grès tout-à-fait semblable au grès houiller ordinaire, de 2,65 mètres d'épaisseur.

3° Bancs de marne schisteuse, qui a aussi 2,65 mètres de puissance , et que l'on emploie comme chaux hydraulique.

4° Bancs de grès sur une puissance de 15 mètres.

5° Bancs de calcaire marneux, quelquefois compact et quelquefois schisteux , dans lequel se trouvent de petits lits de grès, et dont la puissance totale est de 48 mètres.

6° Deux petites couches de charbon de quelques centimètres.

7° Bancs de grès, de 105 mètres de puissance, dans le milieu desquels se trouve une couche de charbon de 0,50 mètre d'épaisseur, entre deux petits lits de calcaire compact.

8° Une petite veinule de charbon.

9° Alternances de grès et de calcaire , sur une puissance de 40 mètres.

10° Une couche de charbon de 0,32 mètre.

11° Autres alternances de grès et de calcaire , sur une épaisseur de 50 mètres.

12° Une couche de charbon de 0,36 mètre.

13° Bancs de calcaire compact ou schisteux, sur une puissance de 42 mètres.

14° Une couche de charbon de 0,30 mètre.

15° Alternances de bancs minces de grès et de calcaire, sur une distance de 7 mètres.

Couche Martin.

Point H. — Arrivé en ce point, se trouve, à la mine Sulzgraben, la couche Martin, qui est maintenant en pleine exploitation. On y a pratiqué des galeries à droite et à gauche du ruisseau, et formé de chaque côté trois piliers longs, dont deux sont en dépilage, de telle sorte que la hauteur totale du champ d'exploitation est de 48 mètres. La galerie d'allongement de l'ouest a 450 mètres de longueur, et celle de l'est 238. Ainsi, en ajoutant à ces deux galeries la largeur du ravin, on voit que cette veine a déjà été reconnue sur un développement total de 688 mètres. Sur toute cette distance, la veine Martin a été d'une régularité remarquable, se dirigeant exactement de l'est à l'ouest, et ayant une pente de 50°. Sa puissance moyenne est de 0,68 mètre, divisée en deux parties par un lit de havrit de 0,04 mètre. Son toit, quelquefois un peu ondulé, mais cependant bien solide, est composé de calcaire schisteux. Au mur se trouve d'abord un petit banc de calcaire tendre, qu'on enlève, et ensuite du grès moyennement résistant, dans lequel le boisage des galeries est établi.

Le charbon fourni par cette couche est très dur, très compact, d'un beau noir, brillant, et produit des blocs très gros à surfaces bien planes et bien lisses.

Couche Litzlau.

Continuant à remonter le ruisseau, et avant d'arriver à la galerie d'écoulement de la couche Litzlau, on traverse la même succession de terrains que celle ci-dessus indiquée, et l'on rencontre six couches qui ont les épaisseurs suivantes : 0,20 mètre, 0,18 mètre, 0,15 mètre, 0,05 mètre, 0,08 mètre, et 0,05 mètre. Dans la couche Litzlau (point I), qui se trouve à 245 mètres de la veine Martin, on a pratiqué deux galeries d'allongement, l'une à l'est et l'autre à l'ouest. On leur a donné les noms de Pauline et de Caroline.

La galerie Pauline a atteint une longueur de 104 mètres, et l'autre de 154. Sur tout ce parcours, qui, avec la largeur du ravin, fait 375 mètres, l'allure de la couche a toujours été régulière, et sa puissance moyenne de 0,78 mètre. Elle est divisée en deux bandes séparées par un banc de calcaire marneux de 0,30 mètre d'épaisseur. La laye inférieure, composée de charbon feuilleté, a 0,47 mètre de puissance, et, au-dessus du banc calcaire, se trouve une laye de charbon compact de 0,15 mètre; de telle sorte que l'épaisseur totale en charbon est de 0,62 mètre. Cette couche, quoique pouvant être considérée comme exploitable, est loin d'être aussi avantageuse que la précédente, parce que le charbon qu'elle fournit est beaucoup plus tendre, et qu'il sera toujours difficile de l'obtenir pur.

Telles sont les deux couches qui ont donné lieu jusqu'à présent à des travaux d'exploitation un peu importants à la mine Sulzgraben. Cependant ce ne sont pas les seules qui existent en ce point, et qui pourraient faire l'objet d'un travail lucratif; car, en continuant à remonter le ruisseau, j'ai pu constater encore l'affleurement de trois couches, dont deux paraissaient bien minces, mais dont la troisième avait 1,20 mètre de puissance et était composée de deux lits de charbon de très bonne qualité.

Le récit des observations géologiques faites dans cette tournée ne serait pas complet, si je ne parlais aussi de la couche qui a été découverte en affleurement à l'endroit nommé Barnschütz (point L), et qui se trouve à plus de 1,000 mètres de la galerie Pauline. Cet examen, que je fis avec beaucoup d'intérêt pour apprécier la largeur au sud de la formation, n'était cependant pas aussi complet que je l'aurais désiré; car il aurait fallu explorer aussi tout l'espace compris entre ces deux points, et dans lequel on aurait peut-être découvert beaucoup d'autres couches. La veine de Barnschütz, vue en affleurement, a 0,80 mètres de puissance de charbon dur et compact, et est comprise entre deux bancs de calcaire très résistant. Son allure et son inclinaison sont les mêmes que celles des autres couches.

Grossthal.

Plus loin, à l'ouest, et aussi dans un ravin profond, se trouvent cinq couches, dont deux seulement sont en exploitation, les autres n'étant pas encore recoupées par la galerie à travers bancs.

La première de ces veines (M) a 0,42 mètre de puissance, en une seule laye, et fournit du très beau *cannel-coal* en gros blocs.

On y a déjà pratiqué une galerie à l'est, de 254 mètres de longueur, et formé deux piliers qui sont en exploitation.

La seconde couche (N), qui a été recoupée en deux endroits différents par des galeries à travers bancs, se trouve à 7 mètres de la précédente, et a été reconnue sur une distance de plus de 120 mètres.

Elle a une puissance de 0,95 mètre , et ne fournit que du charbon feuilleté, d'une qualité cependant passable.

On a l'intention de poursuivre vers le midi la galerie à travers bancs pour recouper les autres couches, qui, jusqu'ici, n'ont été reconnues qu'en affleurement. Ce travail pourra acquérir par la suite une grande importance, si toutes ces couches peuvent être exploitées avec profit ; car c'est un des points les plus profonds où l'on ait entrepris des travaux.

Biberg.

Au sud-ouest de Grossthal , dans une autre vallée un peu moins profonde, trois couches ont été explorées avec deux galeries seulement, parce que les deux premières , qui se trouvaient d'abord à une certaine distance l'une de l'autre , se sont tellement rapprochées, qu'on peut les attaquer simultanément dans la largeur d'une galerie. Nous les considérerons donc comme une seule couche, que je désignerai par la lettre O. Cette couche , divisée en deux parties par un banc calcaire de 0,30 mètre d'épaisseur, a une puissance en charbon de 0,86 mètre , et a été suivie sur une longueur de 142 mètres. La laye supérieure, composée de charbon feuilleté, a 0,55 mètre de puissance ; l'autre, qui ne fournit que des blocs de *cannel-coal*, n'a qu'une épaisseur de 0,34 mètre.

La couche P , à 11 mètres au nord de la précédente, a été suivie en allongement sur une longueur de 274 mètres. Elle est en une seule laye de 0,30 mètre à 0,36 mètre , avec un havage de quelques centimètres au mur. Cette disposition, si avantageuse pour l'abattage, jointe à la dureté de la houille, rendent l'exploitation de cette veine très lucrative, car on n'en obtient littéralement que des blocs d'une houille un peu striée , ayant la plus grande analogie avec le flénu de Mons. C'est, de toutes les couches du bassin, celle dont on retire le charbon le plus pur, et qui, à mon avis, est de la meilleure qualité. Les couches de Biberg pourront donner lieu à une belle exploitation, car elles se trouvent dans une montagne qui atteint graduellement une hauteur verticale de près de 400 pieds. Plus tard, toutes ces couches pourront être recoupées par une galerie d'écoulement pratiquée à partir du ruisseau Mangfall, et l'on gagnera ainsi un nouvel étage d'exploitation de 350 pieds de hauteur, lequel pourra suffire pendant long-temps à une grande production. Cette galerie d'écoulement aurait à la vérité une très

grande longueur , mais elle présenterait l'avantage de recouper
tous les terrains et de faire vraisemblablement reconnaître d'autres
couches. Tous les travaux et les recherches indiqués ci-dessus ont
été exécutés dans la concession, qui a des limites bien déterminées , et qui a été octroyée par arrêté royal. En outre, les affleurements de 8 couches ont aussi été reconnus en dehors de ces limites, et à l'ouest de la réserve du gouvernement , dans le lit du
Mangfall. C'est pour l'exploitation de ces couches que les conces-
sionnaires ont obtenu une permission d'exploitation dans les conditions indiquées précédemment. Ces veines Q, R, S, T, U, V,
W et X ont une puissance qui varie entre 0,60 mètre et 0,95 mètres, et sont formées en grande partie de charbon compact et de
belle apparence.

Aucun travail n'a encore été entrepris sur ce point, parce qu'il
est éloigné de Rosenheim. A l'avenir, il pourra, au contraire, donner lieu à une exploitation active, lorsque l'emploi de la houille
aura pris naissance à Münich et dans les environs; car c'est la
partie de la concession la plus rapprochée de la capitale.

7° SYSTÈME ACTUEL D'EXPLOITATION.

A. Disposition des tailles.

Jusqu'à présent, les champs d'exploitation ont été ouverts immédiatement à l'endroit où les couches venaient affleurer dans un
ruisseau ou un ravin. Une galerie d'allongement était pratiquée
dans la veine même et servait en même temps de travail de recherche pour reconnaître l'allure des terrains et la nature du charbon. C'étaient aussi des galeries d'écoulement et de roulage, et,
comme telles, j'expliquerai plus tard l'avantage qu'on en retirerait
pour le transport, si on leur donnait des dimensions plus considérables. Les galeries principales que j'ai parcourues étaient généralement boisées avec beaucoup de soin, menées en lignes droites et
presque horizontalement. Le bois de sapin est exclusivement employé au soutènement des roches.

La galerie d'allongement A B étant arrivée à 30 mètres environ
de longueur, on pratique suivant l'inclinaison de la couche, une
petite voie montante, D C, jusqu'à la surface, pour assurer la circu-
lation de l'air dans les travaux. En même temps, l'avancement de
la galerie A B, peut être poursuivi encore sur une certaine distance
jusqu'au point E, à 100 mètres de C, et là on commence un plan
incliné dans la couche pour ouvrir le champ d'exploitation. Lors-

Système actuel d'exploitation.

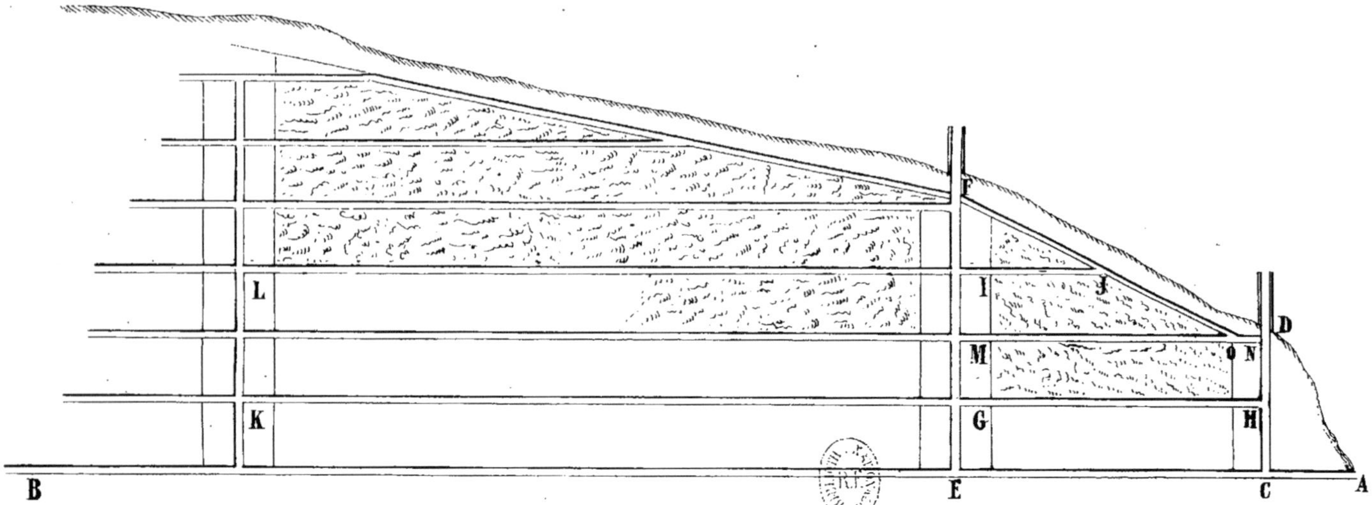

que cette galerie montante a atteint une hauteur de 12 mètres, on pratique à droite et à gauche des voies horizontales parallèles à A B, telles que G H et G K, et ainsi de suite de 12 en 12 mètres, comme I J et I L. — Ces petites voies divisent le champ d'exploitation en piliers longs, de 12 mètres de puissance. On en fait ainsi successivement dans le sens de l'inclinaison jusqu'à la partie supérieure du champ d'exploitation, hauteur qui varie avec la forme et l'importance de la montagne.— Lorsque la galerie supérieure de division M N a rencontré la galerie d'aérage en O, on commence au-dessus et à partir du point O, le dépilage de ce pilier. On a toujours soin de laisser pour la solidité du plan incliné, un petit pilier de 10 mètres de large, lequel reste parfaitement intact jusqu'à ce que tout le charbon soit enlevé dans ce district.

Le pilier qui se trouve au-dessus de M N étant enlevé, on procède à l'abattage de celui qui se trouve immédiatement en dessous, et ainsi de suite, jusqu'à celui qui recouvre la galerie d'allongement, et qui reste inattaqué.— Dans une exploitation plus active, on peut opérer en même temps l'enlèvement de plusieurs piliers, en ayant soin de donner aux fronts des tailles, la forme de gradins pour la facilité de l'abattage et la solidité du toit.

Pendant ces dépilages, les autres travaux d'avancement doivent être conduits de manière que la galerie A B ait atteint une longueur de 240 mètres au-delà du point C, et que l'on ait construit un autre plan incliné et pratiqué les galeries de division.

Les nouveaux piliers ainsi préparés, sont ensuite abattus comme les précédents en commençant par le haut, et à partir du plan incliné E F, pour revenir successivement vers le nouveau.

Dans les couches puissantes, qui fournissent peu de déblais, on ne remplit que les anciennes galeries, et on laisse ébouler le toit dans les tailles. Mais dans l'exploitation des petites veines, le percement des galeries donnant une quantité de pierres plus considérable, on a soin de les placer dans les endroits laissés vides par l'enlèvement du charbon, pour éviter d'avoir à les extraire.— Ce système d'exploitation, qui peut être rapporté à la méthode dite par piliers longs, a été suivi jusqu'à présent à Miesbach, avec beaucoup d'entente dans la distribution, et beaucoup de soins dans les détails. Il a l'avantage d'exposer les ouvriers à peu de danger, parce que les chances d'éboulements sont peu nombreuses. Mais nous verrons plus loin, qu'il entraîne avec lui de grandes dépenses et beaucoup de lenteurs, ce qui peut être en grande partie évité par l'adoption d'un système analogue à celui suivi en Belgique, dans le Hainaut, en l'appliquant comme je l'indiquerai plus loin.

B. Système de transport.

Comme dans la plupart des exploitations naissantes, le transport dans les mines de Miesbach est imparfait. Il est effectué au moyen de chariots en bois, ayant 1,60 mètre de longueur, 1 mètre de largeur, et 1,10 mètre de hauteur. Ces chariots contiennent 6 à 7 quintaux (1) de charbon, et roulent sur des rails saillants en fer, au moyen de roues à gorges de 0,30 mètre de diamètre.

Le transport dans ces galeries est effectué par des hommes, et un ouvrier dans sa journée, charge et transporte 22 chariots à une longueur de 300 mètres, quantité de travail très peu considérable, et qui pourrait être au moins quintuplée en adoptant un système de transport perfectionné.

C. Lavage du charbon.

La nature argileuse du mur dans certaines couches, et la présence de lits de marne schisteuse dans d'autres, sont un grand obstacle, et souvent même une impossibilité à l'obtention du charbon dans un état de propreté tel que le réclame le commerce.

Cette argile marneuse, donnant lieu à une boue grise, salit le charbon d'une manière très visible et lui donne tout-à-fait l'aspect de pierres. Cette particularité des terrains de ce gisement nécessitera donc toujours le lavage d'une certaine partie du charbon obtenu. Tous les soins du directeur dans la disposition des travaux souterrains, devront tendre à diminuer autant que possible cette quantité, afin d'éviter les frais qui résulteraient d'une manipulation quelque simple qu'elle soit, si elle devait être opérée sur de grandes masses de combustible.

Jusqu'à présent, la préparation du charbon impur a consisté dans un simple débourbage, et un triage à la main des pierres mêlées au combustible. Le volume d'eau employé est beaucoup trop grand, ce qui occasionne une perte de charbon qui se trouve entraîné par le courant.

Pour une grande exploitation, il y aurait lieu, je crois, à établir un atelier de préparation bien complet, et dont les appareils seraient mis en mouvement par des moyens mécaniques.

Les chutes d'eau, dont on peut disposer partout dans ce pays,

(1) Le quintal a 56 kilos.

fourniraient la force suffisante pour faire fonctionner un grand nombre d'appareils. On arriverait ainsi à opérer ce nettoyage à très peu de frais, et l'on obtiendrait un combustible de la plus belle apparence, car, comme j'ai eu souvent occasion de le dire, le charbon de Miesbach, bien propre et d'un très beau noir, bien luisant, n'est jamais mélangé de matières étrangères, comme cela se présente souvent dans les houilles des autres pays. — L'établissement d'un pareil atelier, sur une échelle aussi gigantesque, réclamerait de la part de l'ingénieur chargé de cette direction, une étude longue et approfondie, car la préparation de ce combustible peut avoir une très grande influence sur son emploi dans le commerce, et par suite, sur l'avenir des mines de Miesbach.

8° PRODUCTION ACTUELLE ET RÉSULTATS OBTENUS.

. D'après le relevé des livres de vente et de magasin, la production des trois exploitations de Sulzgraben, Grossthal et Biberg, a été pendant l'année 1848 (du 1er octobre 1847 au 1er octobre 1848), de 165,586 quintaux. Ce qui fait ressortir l'extraction moyenne par jour de travail à 551 quintaux.

Ce chiffre ne peut servir de thême pour établir le taux de la production actuelle, parce que pendant les six premiers mois, les travaux n'ont consisté qu'en galeries d'avancement et de reconnaissance qui, comme on le sait, donnent toujours lieu à une exploitation peu importante. En effet, il résulte de l'état des travaux et de la nature des couches que j'ai examinées avec soin, que l'on pourrait extraire par jour 1,200 quintaux de charbon, en maintenant en activité les travaux suivants :

1° Mine Sulzgraben, avec deux couches en exploitation ;

2° Mine Grossthal, avec une seule veine en exploitation.

Ainsi, dans l'état actuel des choses, et avec ces deux mines seument en activité, on pourrait obtenir sans augmenter le personnel (115 ouvriers), une production annuelle de 360,000 quintaux.

Prix de revient.

En portant au compte capital les travaux de recherche faits dans divers points de la concession, le prix de revient du charbon, extrait aux deux mines Sulzgraben et Grossthal, ressort à 10 kreutzers, ou fr.0,34 par quintal.

Prix de vente et bénéfice.

Le prix de vente sur le carreau de la mine, est de 18 kreutzers, ou fr. 0,63. Le bénéfice par quintal, est donc de fr. 0,29.— Ainsi, d'après le chiffre de production indiqué ci-dessus, le bénéfice annuel de l'exploitation des deux mines Sulzgraben et Grossthal serait, dans l'état actuel des choses, de 124,400 francs.

Mais, comme je l'ai dit en commençant, il ne faut nullement tabler sur ce chiffre pour déterminer la valeur de cette concession, et l'on verra plus tard quels bénéfices on est en droit d'attendre de cette affaire, quand elle sera montée sur une grande échelle.

DEUXIÈME PARTIE.

1° IMPORTANCE DE LA FORMATION.

Dans l'état actuel des connaissances qu'on possède sur le bassin, et avec le peu de travaux qui ont été exécutés, il est difficile de se prononcer sur l'importance de la formation carbonifère des environs de Miesbach. En effet, les propriétaires actuels, n'ayant pas voulu engager un grand capital dans l'affaire, se sont empressés de mettre en exploitation les quelques veines reconnues, et n'ont exécuté aucun travail pour en découvrir d'autres; car en dehors des tranchées naturelles opérées par les ravins, ils n'ont rien trouvé par eux-mêmes.

Cependant après avoir examiné les terrains, et observé la régularité d'allure de toutes les couches, il suffit de les rapporter sur la carte pour s'assurer que ce sont autant de couches différentes, et qu'il est probable qu'on en découvrira encore beaucoup d'autres dans l'espace qui les sépare.

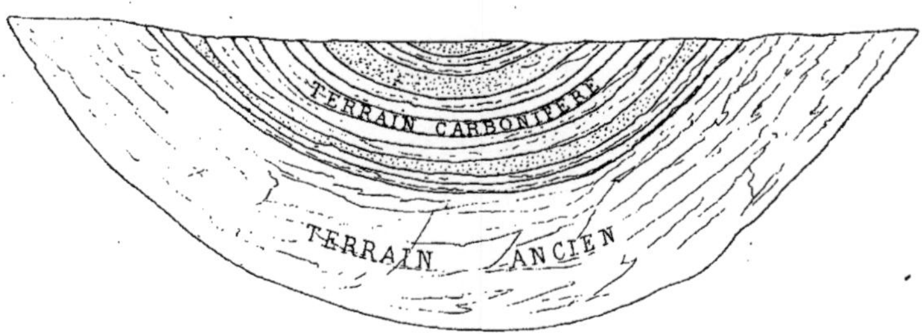

Fig 1ère

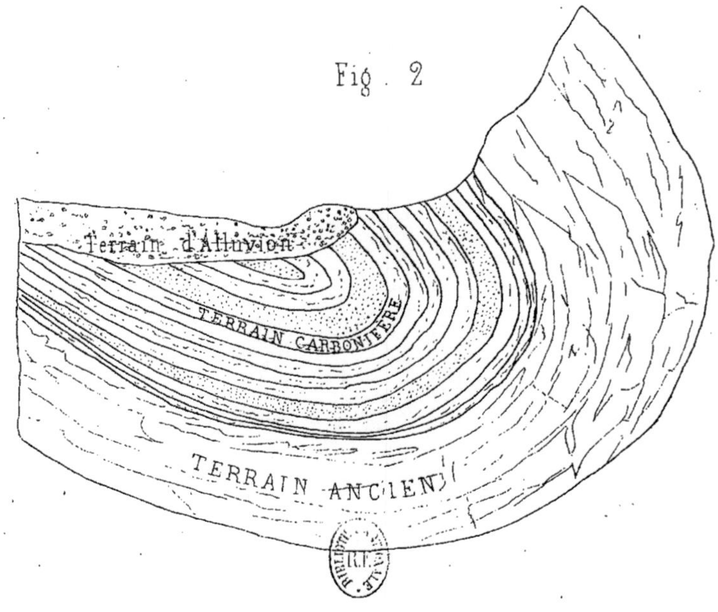

Fig . 2

Un système de tranchées à ciel ouvert, et la poursuite de quelques-
unes des galeries à travers bancs dont j'ai parlé précédemment,
ferait connaître en peu de temps, l'allure et la succession de toutes
ces couches, et mettrait ainsi à jour toutes les richesses minérales
renfermées dans cette contrée.

Quoiqu'il en soit, on verra plus loin que même avec les couches
reconnues jusqu'ici, si on les suppose se prolongeant dans toute la
concession, cette formation carbonifère peut faire l'objet d'une
exploitation très importante, pendant un grand nombre d'années.—
Cette continuation des couches dans tout le périmètre concédé ne
laisse aucun doute, puisqu'on reconnaît sur tous ses points la
même succession, la même nature et la même direction des terrains.— D'ailleurs, comme on l'a vu dans le récit détaillé que j'ai
fait des recherches opérées, la présence du charbon a été constatée
partout dans les mêmes conditions de gisement. Ce parallélisme si
régulier de tous ces terrains, cette direction et cette inclinaison
toujours constante, en même temps que cette position renversée
des bancs de roches, embarrassent l'observateur, et ont empêché
jusqu'ici de pouvoir déterminer la forme du bassin.

A mon avis, on ne peut expliquer cette disposition, qu'en supposant que ce combustible avait été formé dans un lac, comme cela
est généralement admis pour les formations de ce genre, et qu'il
occupait précédemment la position indiquée dans la figure ci-contre
n° 1.

Plus tard, le soulèvement des terrains anciens, qui a occasionné
ce bouleversement si grandiose, formant la chaîne des Alpes, a
donné lieu au renversement de la partie supérieure du comble du
midi, de manière à donner au bassin la forme indiquée dans la
figure n° 2.

D'après cela la concession comprendrait exclusivement la partie
supérieure du versant méridional, et le comble du nord s'étendrait
en dessous des terrains d'alluvions, qui recouvrent en grande partie
la surface de la Bavière, et serait par ce fait même resté inconnu
jusqu'à présent.

Quelle que soit du reste l'explication hypothétique donnée à cette
superposition anormale des terrains, elle ne peut avoir la moindre
influence sur la question qui nous occupe, puisqu'on ne peut considérer comme exploitable que la partie comprise dans les montagnes.— En effet, l'examen des lieux démontre clairement, qu'on
ne peut songer à exploiter le combustible au-dessous du niveau
des vallées, puisque tous les terrains viennent affleurer en mille

endroits différents, dans le lit des ruisseaux et des ravins qui sillonnent en tous sens la surface de la concession.

Ainsi, si l'on voulait entreprendre une exploitation par puits au-dessous de ce niveau, on attirerait dans les travaux un volume d'eau tellement considérable, qu'aucun moyen d'épuisement ne pourrait suffire à l'assèchement d'une telle mine.

Je ne considérerai donc dans l'appréciation à faire de la richesse du bassin, que la partie contenue dans les montagnes qui recouvrent le périmètre concédé.

Pour pouvoir calculer la quantité de charbon comprise dans cette grande surface, il faudrait faire une série de nivellements pour apprécier la hauteur exacte des montagnes qui renferment le combustible. L'exécution de ces opérations géométriques, dont l'importance a été si vivement sentie par toutes les personnes qui ont étudié cette formation, réclamerait un travail assidu de plusieurs années. Il faut donc renoncer, quant à présent, à tout calcul mathématiquement exact, d'autant plus qu'on est loin d'avoir suffisamment exploré le terrain.

Quelques-uns de ces nivellements ont cependant déjà été opérés sur les points les plus importants, et ces données, indiquées sur les lieux, servent de points de repère, et permettent au visiteur de se former une idée de l'importance de la formation. — Je croirais manquer au devoir que je me suis imposé, si je ne parvenais, en profitant de ces résultats, à présenter un chiffre qui puisse servir de base à l'appréciation de cette grande richesse minérale. Pour atteindre ce but, je prendrai pour exemple le nivellement des montagnes, dans lesquelles se trouvent les couches exploitées à Sulzgraben, Grossthal et Biberg, et je donnerai les chiffres de la quantité de combustible contenue dans cette partie de la concession. Ensuite, partant de cette donnée, je calculerai approximativement la masse de charbon que pourraient fournir les couches reconnues jusqu'ici comme exploitables. Ce calcul, j'en suis convaincu, ne donnera qu'une idée bien faible de l'importance du bassin; mais, il pourra au moins servir de base pour déterminer le capital qui peut être engagé dans cette belle affaire, et être pris comme texte à l'évaluation des résultats qu'on est en droit d'espérer d'une telle exploitation, si elle est menée avec entente et fermeté. D'après des mesures exactes et des opérations géométriques faites avec soin, on a reconnu que la hauteur moyenne des montagnes, qui serviront de champ d'exploitation aux mines Biberg, Grossthal et Sulzgraben, peuvent être admises dans les limites suivantes :

1re Montagne contenant les deux couches de Biberg, 102 mètres.

2me Montagne, dans laquelle se trouvent les veines de Grossthal et de Sulzgraben, 178 mètres.

La première ayant 1,522 mètres de longueur horizontale, et les terrains inclinant à 50°, la surface de chacune des couches est de 501,840 mètres carrés.

Les deux veines attaquables sur cette surface, ont ensemble une puissance de 1,10 mètre, et donneraient, par mètre carré (d'après des expériences faites), 31 quintaux de charbon. Ainsi, l'exploitation de ces deux couches, surtout le périmètre indiqué ci-dessus, fournirait en charbon, 15,557,040 quintaux.

La montagne, dans laquelle aura lieu l'exploitation de Grossthal et de Sulzgraben, a une longueur à la base de 4,478 mètres, et la pente des couches est aussi de 50° ; ainsi, la surface réelle de chacune des veines est de 1,258,104 mètres carrés. Les cinq couches reconnues dans cette partie du bassin, ayant ensemble une puissance totale de 3,60 mètres, et pouvant donner, par mètre carré, 90 quintaux de charbon, la quantité totale de combustible contenue dans cette montagne est de 113,229,360 quintaux.

D'après cela, les trois exploitations de Biberg, Grossthal et Sulzgraben, dans les couches reconnues jusqu'ici, fourniraient une quantité totale de combustible de 128,786,400 quintaux.

Ainsi, en supposant une exploitation journalière de 10,000 quintaux, soit 3,000,000 par an, cette partie de la concession pourrait, à elle seule, satisfaire aux besoins pendant plus de 42 années.

Prenant ces calculs pour base, et admettant, pour le reste de la concession, une hauteur moyenne des montagnes de 150 mètres, on trouve que l'exploitation complète des douze couches bien reconnues, fournirait une quantité de charbon de 387,172,800 quintaux.

Par conséquent, ces couches pourraient suffire à une exploitation journalière de 10,000 quintaux pendant 129 années.

Il est à observer que, dans ces calculs, je n'ai admis que les 12 couches qui ont déjà été explorées par des travaux assez importants pour qu'il n'y ait plus le moindre doute sur leur allure et leur puissance. Les chiffres que j'ai donnés plus haut sont donc, comme je le disais en commençant, bien au-dessous de la réalité, et je ne doute pas que, peut-être dans un an, si les travaux de recherche sont dirigés avec talent et activité, on ne puisse constater une richesse plus que double de celle qui ressort de mes observations et de mes calculs.

2° DIRECTION NOUVELLE A DONNER A L'EXPLOITATION.

Nous avons vu précédemment que le système d'exploitation suivi jusqu'ici, quoique présentant plusieurs avantages, ne pourrait cependant pas donner lieu immédiatement et d'une manière lucrative à une très grande exploitation, comme celle que réclameront à Miesbach les besoins du commerce. Ce système nécessite, en effet, des travaux préparatoires très longs et toujours constants, qui, joints aux accidents de terrains qu'on rencontre dans toutes les mines, viennent à chaque instant entraver la marche des travaux, en même temps qu'ils augmentent le prix de revient du charbon. De plus, dans le percement de toutes ces galeries, il est impossible de séparer les schistes du charbon, et la proportion de grosse houille obtenue est toujours moindre que dans une taille en dépilage.

Je proposerais donc, pour obvier à ces inconvénients et pouvoir suffire à toutes les exigences de la consommation, l'adoption du système par gradins, employé dans toutes les grandes exploitations de couches peu puissantes, et qui procure tant d'économie sur le travail. L'emploi de ce système ne présenterait aucun danger dans les mines de Miesbach, car il a été constaté partout que la solidité du toit ne laisse rien à désirer. Il ne serait même pas nécessaire, pour en faire l'application, de rien changer à ce qui est établi maintenant, car la disposition des galeries est la même dans les deux systèmes. Seulement, au lieu de les pousser jusqu'à l'extrémité de la tranchée qu'on veut abattre, il faudrait commencer à partir du bas du plan incliné l'enlèvement de la houille par gradins successifs, de manière à donner au champ d'exploitation la forme indiquée ci-contre.

Par ce moyen, non seulement les ouvriers pourraient rejeter pendant l'abattage les schistes qui forment le havrit, mais encore on trouverait le placement très commode de tous les déblais provenant du percement des galeries, sans être obligé de les transporter à de grandes distances, comme dans l'autre mode d'exploitation.

L'adoption de ce système, avec les petites modifications nécessitées par les circonstances locales, ne manquerait pas d'apporter une grande célérité dans le travail, permettrait une exploitation plus active et plus grande, et occasionnerait une diminution notable dans le prix de revient.

Pour compléter ce résultat, il faudrait aussi modifier le système de transport et adopter les moyens les plus perfectionnés, comme

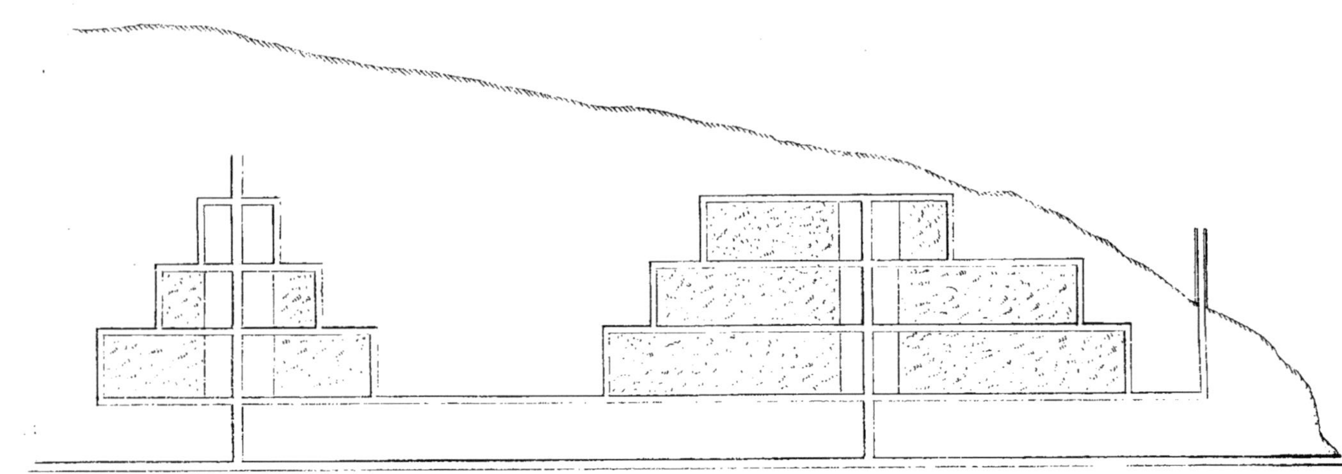

Exploitation par gradins.

ceux usités dans les mines de Liége. Il faudrait faire usage de grands chariots en tôle , de roues d'un grand diamètre , de chemins de fer solides et bien établis, et employer les chevaux pour les longs parcours. Ce changement ne nécessiterait pas beaucoup de temps ni de grandes dépenses , car les galeries exécutées n'ont pas encore atteint une très grande longueur, et elles ont déjà des dimensions presque suffisantes.

3° PRODUITS POSSIBLES DE L'EXPLOITATION.

Dans la première partie de ce rapport , j'ai dit que l'exploitation aux mines Sulzgraben et Grossthal , faite dans trois couches , pouvait produire journellement 1,200 quintaux de charbon. Si l'on remettait immédiatement en activité tous les autres travaux qui ont été suspendus ou ralentis depuis le mois de juin pour diminuer les frais, on pourrait , avant six mois , obtenir des autres points attaquables les quantités de combustible suivantes :

1° De Biberg , 400 quintaux par jour, en travaillant dans deux couches.

2° De Grube à Kalsenbach , la même quantité de 400 quintaux, avec le même nombre de veines en exploitation.

3° De Müller-am-Baum , dans le lit du Mangfall, 800 quintaux , avec l'exploitation naissante des six couches reconnues en affleurement.

4° Enfin , par les galeries Caroline et Pauline, 200 quintaux, avec deux couches en activité.

De cette manière, au printemps prochain , l'exploitation pourrait être portée au chiffre de 3,000 quintaux par jour, et cette quantité s'accroîtrait encore à mesure que les travaux prendraient du développement. On pourrait donc compter sur une exploitation moyenne de 3,000 quintaux par jour pour l'exercice entier de 1849, de telle sorte que l'exploitation totale de cette année serait de 900,000 quintaux.

Nous admettrons, pour la facilité des calculs qui vont suivre, le chiffre de 1,000,000 qu'on atteindrait facilement.

En outre, il n'est pas douteux qu'un an plus tard, lorsque le personnel serait convenablement formé, et que l'on aurait apporté au système général d'exploitation les modifications indiquées ci-dessus, il n'est pas douteux , dis-je , que le chiffre de la production pourrait être doublé, et que l'extraction totale de 1850 atteindrait 2,000,000 quintaux.

Il est inutile de dire que la découverte probable d'autres couches viendrait augmenter encore ce résultat, et que si l'on faisait marcher l'extraction jour et nuit, on arriverait à produire de 3,500,000 à 4,000,000 quintaux par an.

4° REVENUS FUTURS DE L'AFFAIRE.

Par l'introduction du nouveau système d'exploitation et de transport, et avec une grande production, le prix de revient du charbon diminuerait sensiblement, et pourrait en moins d'une année, être réduit à 6 kreutzers, ou environ fr. 0,20.

A ce taux, le bénéfice par quintal de charbon vendu à la mine, serait de 43 centimes.

Dans le cas d'une vente à l'étranger, et pour les charbons expédiés à Passau, à Lintz, à Vienne et à Presbourg, ce bénéfice se trouverait réduit par suite des frais de transport, qui seront onéreux tant que les nouvelles voies de communication ne seront pas établies.

Pour plus de sécurité, nous admettrons un bénéfice par quintal de fr. 0,35.

D'après cela, et en admettant les chiffres de production ci-dessus indiqués, le bénéfice de 1849 serait de 350,000 francs; et celui de l'année 1850 s'élèverait à 700,000 francs.

Ces résultats, quoique satisfaisants, pourraient être plus favorables encore, si on les proportionnait à ce que produisent les autres grands bassins houillers du continent. Ici, ce n'est que l'évaluation d'une faible partie de l'exploitation possible, dans une vaste concession, où comme dans bien d'autres bassins, une infinité d'autres exploitations fractionnées pourront être ultérieurement entreprises, et produire isolément, chacune, une quantité de charbon, égale à celle sur laquelle j'ai établi mes calculs. La consommation du vaste marché à développer autour de Miesbach, fixera la limite de l'exploitation.

Miesbach, le 28 Octobre 1848.

MALISSART,

Ingénieur des mines du cercle d'Aix-la-Chapelle.

Imprimerie de JULES-JUTEAU et Cᵉ, rue Saint-Denis, 345.

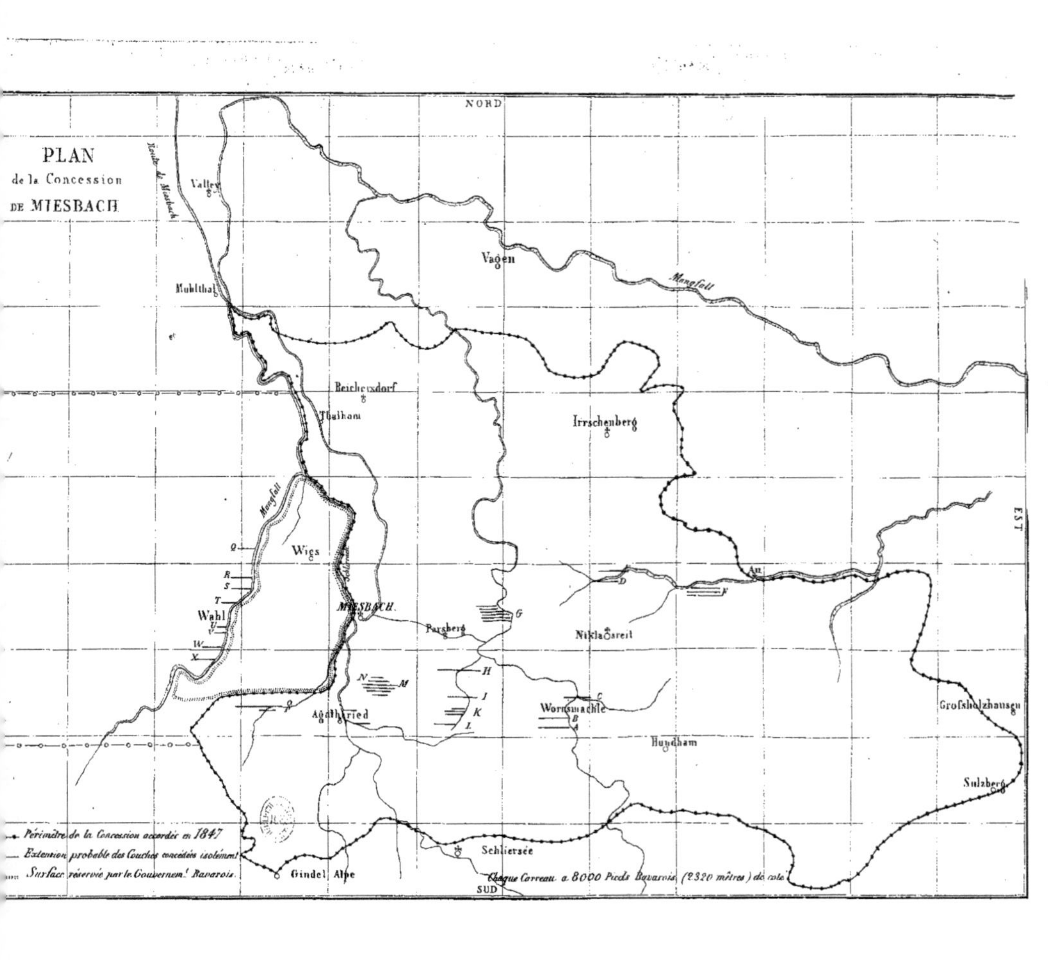

PLAN
de la Concession
DE MIESBACH
NORD
Route de Miesbach
Valley
Vagen
Mangfall
Muhlthal
Reichersdorf
Thalham
Irrschenberg
Mangfall
Q
Wies
An
R
S
D
T
F
Wahl
MIESBACH.
U
G
V
Parsberg
Niklasreit
EST
W
X
H
N
M
J
Grosholzhausen
Q
K
C
Agathried
L
Wornswachle
B
A
Huydham
Sulzberg
Périmètre de la Concession accordée en 1847
Extension probable des Couches concédées isolémmt
Surface réservée par le Gouvernemt Bavarois
Gindel Alpe
Schliersée
Chaque Carreau a 8000 Pieds Bavarois (2320 mètres) de coté
SUD

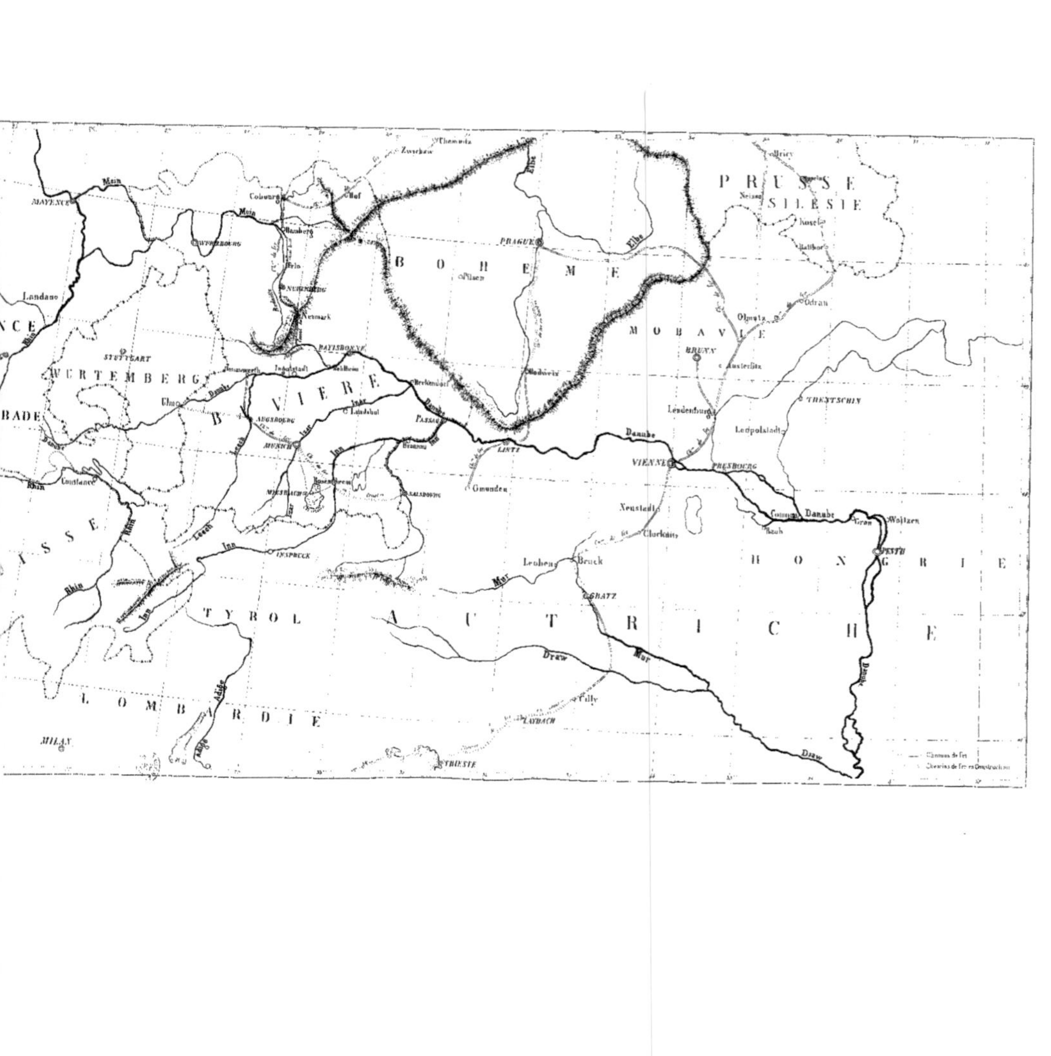

PRUSSE
SILESIE
BOHEME
MORAVIE
WERTEMBERG
BAVIERE
TYROL
AUTRICHE
HONGRIE
LOMBARDIE
MAYENCE
Landau
Coburg
Hof
Bamberg
WURTZBOURG
Erln
NUREMBERG
Neumark
RATISBONNE
STUTTGART
Ulm
AUGSBOURG
MUNICH
Landshul
PASSAU
LINTZ
Brannu
Gmunden
SALSBOURG
INSPRUCK
MILAN
Adige
Constance
Rhin
Inn
Main
Main
Danube
PRAGUE
Pilsen
Elbe
Budweis
BRUNN
Austerlitz
Olmutz
Odrau
THENTSCHIN
Lendenbourg
Leopolstadt
VIENNE
PRESBOURG
Danube
Neustadt
Clerkaitz
Leoben
Bruck
Mur
GRATZ
Draw
Mur
Cilly
LAYBACH
TRIESTE
Draw
PESTH
Gran
Woitzen
Danube
Chemins de fer
Chemins de fer en Construction

Statuts

DE LA

SOCIÉTÉ ANONYME

DU

BASSIN HOUILLER

DE

MIESBACH.

PARIS,

IMPRIMERIE DE JULES-JUTEAU ET Cie,

RUE SAINT-DENIS, 345.

1848.

COMPAGNIE HOUILLÈRE

DU

BASSIN DE MIESBACH.

Districts d'Aibling et de Miesbach,

Près de Munich (en Bavière).

ACTE DE SOCIÉTÉ.

SOCIÉTÉ ANONYME.

Statuts soumis à l'approbation du Roi de Bavière.

Par devant Mᵉ   Notaire à Munich, et en présence des témoins dénommés ci-après, sont comparus :

M.

M.

M.

M.

Lesquels ont établi de la manière suivante les statuts d'une Société Anonyme, qu'ils se proposent de former, avec l'autorisation du gouvernement.

CHAPITRE Iᵉʳ.

Objet de la Société : siège , durée.

ARTICLE 1ᵉʳ. Il est formé, sauf l'approbation du gouvernement, une Société Anonyme entre les comparants et ceux qui deviendront souscripteurs ou cessionnaires des actions ci-après créées.

'Art. 2. L'objet de la Société est :

1° L'acquisition, l'aménagement et l'exploitation des charbonnages du bassin de Miesbach, districts d'Aibling et de Miesbach, en Bavière, avec toutes leurs circonstances et dépendances, comme aussi de tous autres charbonnages que la Société pourra acquérir par la suite.

2° La recherche de tout gisement houiller et de tous métaux et minerais utiles, en Bavière et en Autriche.

La poursuite et l'obtention de concessions de toutes mines et dépôts dans ces localités. L'achat de minerais et leur traitement, en tant qu'ils favoriseraient l'écoulement de la houille appartenant à la Société.

3° L'exécution et l'exploitation, s'il y a lieu, de chemins ordinaires, de chemins de fer et autres voies de transport pour le service des mines.

4° Généralement, la création et l'exploitation de toutes les entreprises accessoires qui se rattacheraient à ces mines et à ces chemins.

5° La vente et le commerce des produits de ces exploitations.

6° L'entreprise des transports des produits de ces exploitations.

Art. 3. Le siège légal de la Société sera à Munich.

Ce siège sera attributif de juridiction aux tribunaux de cette ville, pour tout ce qui se rattachera à l'exploitation des entreprises sociales.

Art. 4. La Société sera désignée sous la dénomination de *Compagnie houillère du bassin de Miesbach.*

Art. 5. La durée de la Société sera de cinquante années, qui commenceront le jour de l'acte royal d'homologation des présents statuts.

CHAPITRE II.

Fonds social. — Actions.

Art. 6. Le fonds social sera fixé à 6,000,000 francs, ou 2,400,000 florins, ou 240,000 livres sterling, représenté par 12,000 Actions au capital nominal de 500 francs, ou 200 florins de Vienne (sur le pied de 20 florins le marc d'argent), ou de 20 livres sterling chacune.

De ces 12,000 Actions, 6,000 seulement, pour un capital de 3,000,000 francs, ou 1,200,000 florins, ou 120,000 livres sterling sont actuellement émises.

Les 6,000 Actions de surplus, au capital de 3,000,000 francs, ou 1,200,000 florins, ou 120,000 livres sterling ne seront émises pour compte de la Société, en tout ou en partie, ensemble ou successivement, qu'après décision du Conseil général d'administration, approuvée par l'Assemblée générale extraordinaire.

Cette décision règlera la forme de l'émission de ces 6,000 Actions et le mode de paiement du prix.

ART. 7. Le montant des Actions sera versé, soit à Munich, dans la caisse de la Société, soit chez

<blockquote>
M.   banquier à Vienne ;
M.   d° à Paris ;
M.   d° à Londres ;
</blockquote>

Moitié comptant, un quart trois mois après,

Et le dernier quart trois mois plus tard.

Toutefois, les Actionnaires pourront se libérer par anticipation, et sous bonification d'intérêts, à raison de 4 % l'an.

ART. 8. A défaut de paiement aux époques déterminées, l'intérêt sera payé de plein droit, pour chaque jour de retard, à raison de 5 % par an, sur les portions dues.

Les souscripteurs et les titulaires pourront être poursuivis pour ces sommes.

Les numéros des Actions en retard pourront être publiés à deux reprises dans un des principaux journaux de Munich, de Vienne, de Paris et de Londres, et dans le journal d'annonces de Munich.

Quinze jours après cet avis, et sans autre acte de mise en demeure, lesdites actions pourront être vendues, sur duplicata, soit à la Bourse de Munich, ou de Vienne, soit à celle de Paris ou à celle de Londres par le ministère d'un agent de change, pour compte et aux risques des Actionnaires en retard, qui, en tout cas, resteront responsables de la perte que ces réalisations pourront occasionner. Ils pourront être poursuivis pour cette différence.

Les titres des Actions ainsi vendues seront nuls de plein droit, et il en sera délivré aux acquéreurs de nouveaux, ayant les mêmes numéros que les titres annulés.

L'Actionnaire retardataire sera déchu de tout droit de répétition contre la Société, pour raison des versements effectués par lui sur ses actions, antérieurement à leur mise en vente.

Toute action qui ne portera pas la mention régulière des versements qui auraient dû être opérés, cessera d'être admise au transfert.

CHAPITRE III.

Nature des titres. — Transferts. — Droits des Actionnaires.

Art. 9. Les Actions seront nominatives ou au porteur, au choix de l'Actionnaire.

Elles ne seront au porteur que lorsque le capital de l'Action sera intégralement payé.

Les titres d'Actions nominatives pourront être collectifs et pourront comprendre en un même certificat toutes les actions appartenant à un même sociétaire.

Toutes les Actions seront numérotées et extraites d'un registre à souche. Elles seront signées du Directeur général de la Société et de deux administrateurs, et frappées du timbre sec de la Société.

Les Actions et le registre à souche indiqueront les noms, prénoms, professions et les domiciles des propriétaires d'Actions nominatives.

Il sera annexé des coupons de dividendes, au moyen desquels l'Actionnaire pourra recevoir annuellement les dividendes à la caisse sociale ou chez les banquiers de la Société.

Art. 10. Le propriétaire d'Actions au porteur pourra en demander la conversion en un titre nominatif et collectif.

Cette conversion s'opèrera sans frais pour l'Actionnaire, et les titres au porteur seront annulés en sa présence.

Le propriétaire d'un titre nominatif pourra aussi en demander la conversion en Actions au porteur, après paiement intégral du montant de l'Action, et à la charge de payer un droit de 2 fr. 50 c., ou 1 florin, ou 2 shellings d'Angleterre par chaque Action au porteur, et de former sa demande par écrit, dix jours à l'avance.

Les titres nominatifs se transfèreront par une déclaration du cédant et du cessionnaire. Ces déclarations seront réunies dans un registre spécial tenu au siège de la Société, et visées par un Administrateur.

A Vienne, à Paris et à Londres, les transferts pourront se faire sur les Actions elles-mêmes par voie d'endossement, visé par les banquiers de la Société; mais la déclaration préalable du cédant et du cessionnaire restera au pouvoir des banquiers.

Ces banquiers seront désignés par le Conseil d'administration, ainsi que les conditions du transfert.

Les mutations d'Actions pourront également s'opérer par l'entremise desdits banquiers de Vienne, de Paris et de Londres.

A l'égard des Actions au porteur, la cession s'en opèrera par la seule tradition du titre.

Art. 11. Chaque Action sera indivisible, et la Société ne reconnaîtra qu'un seul propriétaire par chaque Action.

Les droits et obligations attachés à l'Action suivront le titre dans quelques mains qu'il passe ; la possession d'une action emporte l'adhésion aux statuts de la Société.

La Société ne sera garante, envers qui que ce soit, de la capacité ni de l'individualité des cédants et cessionnaires d'Actions.

Plusieurs ayant-cause d'un Actionnaire, dans les droits duquel ils succéderaient et qu'ils représenteraient, n'auront pas la faculté de faire valoir, chacun séparément, leurs droits ; ils seront tenus de les faire exercer conjointement par une seule personne.

Les héritiers ou créanciers d'un Actionnaire ne pourront, sous quelque prétexte que ce soit, provoquer l'apposition de scellés sur les livres et valeurs de la Société , ni s'immiscer en aucune manière dans son administration. Ils devront, pour l'exercice de leurs droits, s'en rapporter aux inventaires sociaux et aux délibérations des Assemblées générales.

Art. 12. Les Actionnaires ne seront, en aucun cas, passibles que de la perte du montant de leurs Actions.

Tout appel de fonds est interdit.

Art. 13. Les droits des Actionnaires dans les Assemblées générales sont définis, CHAPITRE V, art. 42.

Art. 14. Chaque Action donnera droit :

1° A une part proportionnelle au nombre total des Actions émises dans toutes les valeurs composant l'actif social ;

2° A un dividende annuel sur les produits nets disponibles de l'entreprise , toutes charges et tous frais généraux déduits , ainsi qu'il est dit art. 52;

3° A un amortissement annuel du capital.

Art. 15. L'Action amortie sera échangée contre une autre Action portant la mention du remboursement du capital. Cette nouvelle Action conservera à l'Actionnaire tout droit à une part proportionnelle au nombre des Actions émises, dans les bénéfices nets disponibles , tout comme l'Action primitive.

Ces Actions nouvelles , amorties, auront, du reste, pour les attributions relatives à l'administration et pour le vote aux Assemblées , les mêmes droits que les Actions non amorties.

Art. 16. En cas de perte d'un titre d'Action nominative , la Société ne pourra être tenue d'en délivrer un nouveau que deux années après que le propriétaire du titre perdu en aura fait la déclaration ; le nouveau titre délivré annulera l'ancien.

En cas de perte d'une Action au porteur, le Conseil général déterminera la nature et l'étendue des garanties à exiger du réclamant.

La déclaration du titulaire d'un titre perdu devra être insérée, à quatre reprises différentes, de six en six mois, et aux frais du réclamant, dans les journaux servant habituellement aux annonces de la Société.

Pendant ce temps, les dividendes acquis à l'Action perdue seront mis en réserve pour être remis à l'Actionnaire avec le nouveau titre qu'il aura réclamé.

CHAPITRE IV.

Administration.

ADMINISTRATEURS, COMMISSAIRES, DIRECTEUR GÉNÉRAL.

Administration.

Art. 17. La Société sera administrée par un *Conseil d'Administration* composé de six membres et par un *Directeur Général*.

Elle sera surveillée par trois *Commissaires*.

La réunion des six Administrateurs, des trois Commissaires et du Directeur général formera le Conseil général.

CONSEIL D'ADMINISTRATION.

Administrateurs.

Art. 18. Les six Administrateurs seront nommés par l'Assemblée générale des Actionnaires.

La durée de leurs fonctions sera de six années ; ils seront renouvelables par tiers.

Chaque Administrateur devra être propriétaire d'au moins vingt-cinq Actions, qui seront déposées dans la caisse sociale pour n'être rendues qu'au moment de la cessation des fonctions de l'Administrateur et qu'après l'approbation du bilan correspondant à sa dernière année d'exercice. Jusqu'à cette époque, il ne pourra aliéner ses Actions.

Pour les six premières années, à dater de l'Acte royal approbatif des présents statuts, le Conseil d'Administration se composera des Membres suivants :

1° M.	4° M.
2° M.	5° M.
3° M.	6° M.

Art. 19. A partir de la septième année, il sortira par année deux Membres du Conseil d'Administration.

Tout Membre sortant pourra être indéfiniment réélu jusqu'au renouvellement intégral du premier Conseil ; le sort désignera l'ordre de sortie. Le tirage se fera pour les années dont le millésime sera pair parmi les Administrateurs portant des numéros pairs, dans l'ordre de nomination indiqué en l'article précédent, et pour les années dont le millésime sera impair parmi les Administrateurs portant les numéros impairs.

Pour les années successives, les sorties suivront l'ordre d'ancienneté des nominations.

Art. 20. Le Conseil d'Administration nommera parmi ses membres un Président.

La durée de ses fonctions sera d'une année.

En cas d'absence du Président, le Conseil désignera celui de ses Membres qui devra le remplacer.

Le Président pourra être indéfiniment réélu.

Art. 21. Une place d'Administrateur venant à vaquer, le Conseil général pourvoira provisoirement au remplacement, sauf à soumettre le choix par lui fait à la plus prochaine Assemblée générale, qui nommera définitivement.

L'Administrateur, ainsi nommé, n'exercera ses fonctions que jusqu'à l'époque où celui qu'il remplace aurait dû cesser les siennes.

Art. 22. Le Conseil d'Administration se réunira aussi souvent que l'intérêt de la Société l'exigera, mais au moins une fois par mois.

Ces réunions pourront avoir lieu, soit au siège social, à Munich, soit dans toute autre localité, dans le cercle des concessions ou à proximité, au choix du Conseil.

Les décisions seront prises à la majorité des Membres présents.

En cas de partage, la voix du Président ou de celui qui le remplacera deviendra prépondérante.

Cependant, aucune décision ne sera valable qu'autant qu'elle aura réuni au moins quatre voix y compris celle du Directeur général.

Quand il s'agira des intérêts personnels du Directeur général, il ne sera appelé au Conseil que facultativement, et qu'avec voix consultative. Dans tous les autres cas, il aura droit d'y assister avec voix délibérative.

Dans le cas où quelques-uns des Administrateurs seraient absents et où deux des Membres présents demanderaient qu'une question fût ajournée jusqu'à ce que l'opinion des absents fût connue, ceux-ci, sur l'exposé des opinions divergentes qui leur seraient adressées, pourraient exprimer leur vote par procuration spéciale. Cette procuration serait donnée, par simple lettre, à un des membres du Conseil.

ART. 23. Les délibérations du Conseil d'Administration seront constatées par des procès-verbaux, signés par les Membres présents et par le Directeur général.

Les copies ou extraits de ces délibérations à produire en justice ou ailleurs, seront signés par le Président et par le Directeur général.

ART. 24. Le Conseil d'Administration sera investi de tous pouvoirs pour l'administration de la Société dans les limites qui ne nécessiteront pas l'intervention du Conseil général, ainsi qu'il est dit à l'ART. 34.

En conséquence et dans ces limites :

1° Il fera, conformément à l'ART. 2, les acquisitions et entreprises formant l'objet de la présente Société, et ce, aux prix, clauses et conditions qu'il jugera convenables.

2° Il déterminera l'emploi et le placement des fonds disponibles.

3° Il autorisera tous retraits de fonds, tous transferts et aliénations de valeurs meubles et immeubles appartenant à la Société.

4° Il fixera les dépenses générales d'exploitation ;

5° Il déterminera les limites des marchés et traités de toute nature à passer par le Directeur général.

6° Il fera toutes les conventions de participation et de fusion pour faciliter l'écoulement et la consommation des produits de la Société.

7° Il nommera et révoquera tous les employés et agents, fixera leurs attributions et leurs traitements, sur la proposition du Directeur général.

8° Il autorisera l'achat de tous matériaux, machines et autres objets nécessaires à l'exploitation ; il autorisera toutes actions judiciaires, tous compromis et toutes transactions.

9° Il donnera toutes quittances et mains-levées d'oppositions et d'inscriptions hypothécaires ; il déléguera tous pouvoirs à cet effet au Directeur général.

Cependant, pour toute somme supérieure à celle de 50,000 francs ou 20,000 florins, les mains-levées devront être autorisées par le Conseil général.

10° Il fera les règlements relatifs à l'organisation du service et statuera, dans les limites du pacte social, sur tous les intérêts qui rentreront dans le cercle de l'administration de la Société.

11° Il pourra traiter, transiger et compromettre sur tous les intérêts de la Société.

Enfin, toutes les attributions ci-dessus énumérées, n'étant que énonciatives et non restrictives, le Conseil d'Administration pourra faire tous autres actes d'Administration, sans aucune exception, sauf ceux réservés au Conseil général.

ART. 25. Le Conseil d'Administration pourra substituer ses pouvoirs spéciaux ou généraux au Directeur général ou à un des membres du Conseil d'Administration pour une ou plusieurs affaires déterminées.

Les actions judiciaires, tant en demandant qu'en défendant, seront suivies au nom de la Société, à la poursuite et diligence du Directeur général.

ART. 26. Les membres du Conseil d'Administration ne contracteront, à raison de leur gestion, aucune obligation personnelle ou solidaire, relativement aux engagements de la Société. Ils ne répondront que de l'exécution de leur mandat.

Les fonctions d'Administrateur sont gratuites ; toutefois, les Administrateurs auront droit à une part de trois pour cent dans les bénéfices nets de la Société à répartir entre eux.

Leurs frais de voyage leur seront remboursés.

Ils auront droit à des jetons de présence chaque fois qu'ils assisteront aux Conseils.

COMITÉ DE SURVEILLANCE.

Commissaires.

ART. 27. L'Assemblée générale nommera pour trois années trois Commissaires, renouvelables par tiers.

Chacun devra posséder vingt-cinq actions, qui devront rester dans la caisse sociale, sans faculté d'aliénation, tout le temps de la durée des fonctions du Commissaire.

Seront Commissaires pour les trois premières années :

M.

M.

M.

Art. 28. A partir de la 4me année, le sort désignera l'ordre de sortie. Le membre sortant pourra être réélu.

En cas de vacance, le Conseil général nommera provisoirement, jusqu'à la réunion de la plus prochaine Assemblée générale.

Art. 29. Les Commissaires se réuniront au moins tous les trois mois, d'abord avec les Administrateurs, et le Directeur Général, pour former le Conseil général ; ensuite, séparément en dehors de la présence du Conseil d'Administration, et ce, indépendamment des convocations extraordinaires que le Président du Conseil d'Administration, le Directeur général ou les Commissaires auront la faculté de demander.

Art. 30. Les fonctions des Commissaires, consisteront à prendre connaissance de toutes les affaires et opérations de la Société, à les contrôler, et à en faire le rapport à l'Assemblée Générale ; à vérifier les comptes, inventaires et bilans, que devra leur présenter le Conseil d'Administration, et à donner leur avis.

Leur adjonction aux membres du Conseil d'Administration et au Directeur général, sous le titre de Conseil général, a pour but de contrôler et approuver toutes les mesures d'un intérêt majeur pour la Société.

Les Commissaires pourront déléguer l'un d'eux pour exercer leur contrôle, qui sera sans limites.

Art. 31. Les Commissaires ne contracteront aucun engagement, aucune responsabilité ou solidarité quelconque. Ils seront obligés seulement à remplir leur mandat.

Leurs fonctions seront gratuites, toutefois, les trois Commissaires auront droit à une part de un pour cent dans les bénéfices nets de la Société, à répartir entre eux.

Leurs frais de voyage leur seront remboursés.

Ils auront droit à des jetons de présence, chaque fois qu'ils assisteront au Conseil général.

Conseil général.

Art. 32. Le Président du Conseil d'Administration, présidera le Conseil général. Le Directeur général remplira les fonctions de Secrétaire.

Le Conseil général se réunira une fois tous les trois mois.

Il se réunira également, aussi souvent que l'intérêt de la Société l'exigera.

Chaque année, dans le courant de janvier, le Conseil général fixera les époques et lieux de réunion.

La présence d'un Commissaire, de trois Administrateurs et du Directeur général, sera nécessaire pour valider les délibérations, qui seront prises à la majorité des voix.

Quand le Conseil général ne se trouvera pas en nombre, il sera de nouveau convoqué à bref délai.

ART. 33. Dans chaque réunion trimestrielle du Conseil général, le Directeur Général lui fera un rapport sur les affaires générales de la Société.

ART. 34. Les décisions qui engageront la Société pour une somme qui excèderait 50,000 fr. ou 20,000 florins, devront être prises par le Conseil général, qui pourra néanmoins, déléguer ses pouvoirs, en tout ou en partie, au Directeur général, pour l'acceptation ou la négociation des marchés, soumissions, conventions, contrats et entreprises qui excèderaient ce chiffre.

Le Conseil votera toutes les acquisitions d'immeubles, qu'il jugera nécessaires aux opérations de la Société.

Il votera également l'appropriation, la construction et la réparation des bâtiments, tous nouveaux sièges d'exploitation, toute construction nouvelle pour les besoins des exploitations sociales; lorsque ces divers objets occasionneront, chacun isolément, une dépense de plus de 50,000 fr. ou 20,000 florins.

Il réunira, non seulement tous les pouvoirs généraux, tels qu'ils sont conférés au Conseil d'Administration par l'ART. 24; mais encore les pouvoirs les plus étendus et sans limites, sauf les cas qui exigeront la sanction de l'Assemblée générale des Actionnaires.

Direction générale.

ART. 35. La Société aura un *Directeur général*, nommé par l'Assemblée générale des Actionnaires, sur la présentation du Conseil général.

Le Conseil général, tous les Membres réunis, pourra à la majorité des 3/4 des Membres, suspendre de ses fonctions le Directeur général; mais sa révocation ou son maintien ne sera prononcé que par l'Assemblée générale, le Directeur général entendu.

Il ne pourra être révoqué, que pour causes graves et sur la proposition du Conseil général.

ART. 36. Le Directeur général assistera, avec voix délibérative, à toutes les réunions du Conseil d'Administration et du Conseil général, sauf les cas où les délibérations concerneront ses intérêts personnels.

ART. 37. Nonobstant l'ART. 35 et ses dispositions, M. J.-J.

Chauviteau, demeurant à Munich, sera en vertu du présent Article, investi pour dix années consécutives, à partir de la première Assemblée générale, des fonctions de Directeur général.

Art. 38. M. J. Chauviteau aura droit à un prélèvement annuel de dix pour cent sur les bénéfices nets, tels qu'ils sont stipulés dans l'Art. 52, ou à un fixe de 15,000 fr. par an, à son option.

Il sera logé et chauffé dans les établissements de la Société, à Munich et à Miesbach.

Il s'obligera pendant toute la durée de sa gestion, à conserver en son nom, 200 Actions de la Société, qui resteront inaliénables dans la caisse sociale, avec cette mention d'inaliénabilité inscrite sur les Actions, par trois membres du Conseil d'Administration.

Art. 39. Le Directeur général sera chargé de surveiller et de diriger en chef, l'exploitation des mines, usines, propriétés, ateliers et tous autres établissements de la Société. De faire effectuer les transports des houilles et autres produits des mines et établissements de la Société; d'en opérer ou en faire opérer la vente au mieux des intérêts sociaux, en suivant le mode d'exploitation, et les tarifs et prix de vente qui auront été fixés par le Conseil d'Administration.

De pourvoir à toutes assurances, d'établir tous dépôts :

D'ordonner tous travaux, tous achats d'outils et autres instruments d'exploitation et de fabrication, à l'exception des machines proprement dites.

D'exécuter toutes les décisions du Conseil d'Administration et du Conseil général, ainsi que les décisions des Assemblées générales des Actionnaires.

De rendre compte à ces Conseils, de toutes les affaires de la Société, et de leur soumettre toutes les propositions qu'exigeront les intérêts de la Société.

De poursuivre et défendre, par voie judiciaire, tous les droits de la Société. De diriger et signer la correspondance, ainsi que tous actes d'administration; de régler les comptes avec les débiteurs et fournisseurs; de soigner toutes les rentrées de la Société, et d'en donner quittance. De payer toutes les obligations de la Société, et d'en prendre décharge.

Le Directeur général signera les traites et mandats sur les débiteurs et les banquiers de la Société.

Art. 40. Dans les cas d'absence ou d'empêchement, le Directeur général pourra se faire substituer par un des Administrateurs, s'il obtient cette faveur de l'un d'eux; ou bien, il pourra déléguer provisoirement ses pouvoirs à un des employés de la Compagnie, ou à une personne de sa confiance. Mais dans ces deux cas, sous sa responsabilité personnelle.

ART. 41. En cas de décès du Directeur général, il sera compté à ses héritiers, les sommes qui lui seraient dues. Ses héritiers ne pourront requérir aucun inventaire, ni apposition de scellés, ni enfin entraver, en aucune manière, les affaires de la Société.

CHAPITRE V.

Assemblées générales des Actionnaires.

ART. 42. L'Assemblée générale, régulièrement constituée, représentera l'universalité des Actionnaires. Ses décisions seront obligatoires pour tous, même pour les absents, en tant qu'elles se renfermeront dans les limites des présents statuts.

L'Assemblée se composera de toutes les personnes propriétaires de 10 Actions.

L'Actionnaire aura autant de voix qu'il possèdera de fois 10 Actions, sans pouvoir réunir plus de 20 voix, soit par lui-même, soit comme fondé de pouvoir.

Les propriétaires d'Actions nominatives, justifieront de leurs titres au moment de leur entrée dans le lieu de la réunion de l'Assemblée.

Les Actions au porteur, seront déposées 15 jours à l'avance à la caisse sociale, et le récépissé qui sera délivré au propriétaire de ces Actions, lui servira de billet d'entrée à l'Assemblée générale.

Ce même dépôt pourra être fait chez les banquiers de la Société, à Vienne, à Paris et à Londres, qui délivreront des récépissés.

L'Actionnaire ayant droit d'assister aux Assemblées pourra, en vertu d'un mandat spécial, s'y faire représenter par un autre Actionnaire, ayant le même droit que lui.

Le mandataire déposera son pouvoir, au moment de son entrée dans l'Assemblée, après l'avoir certifié sincère et véritable.

Le même mandataire pourra représenter plusieurs Actionnaires ayant droit de voter, sans dépasser le maximum de 20 voix fixé ci-dessus, les siennes propres comprises.

En cas d'urgence, et d'une réunion de l'Assemblée générale, à court délai, le Conseil général pourra décider, qu'il n'y aura pas lieu à dépôt préalable des Actions, ce qui sera annoncé dans les journaux. — Les Actionnaires seraient alors admis à l'Assemblée sur la simple représentation de leurs titres.

ART. 43. L'Assemblée générale se réunira dans le mois de juin de chaque année, à Munich. Elle pourra aussi être convoquée extraordinairement par le Conseil général d'Administration, soit directement, soit sur la demande de deux Commissaires, ou d'un nombre d'Actionnaires réunissant le quart du capital émis.

Le jour et le lieu de la réunion de ces deux espèces d'Assemblées seront annoncés aux Actionnaires, par des insertions faites à deux reprises différentes, un mois, puis quinze jours à l'avance, dans un ou deux journaux quotidiens, de Munich, de Vienne, de Paris et de Londres. Deux avis pareils seront donnés dans le journal judiciaire de Munich.

Le Conseil d'Administration décidera si l'objet de la convocation sera spécifié dans les annonces. Ces insertions indiqueront toujours, si l'Assemblée est annuelle et ordinaire, ou si elle est extraordinaire.

Art. 44. Les Assemblées *ordinaires* et *extraordinaires* seront présidées par le Président du Conseil d'Administration ; et à son défaut, par l'Administrateur désigné par le Conseil, pour remplacer le Président.

Les deux plus forts Actionnaires seront Scrutateurs, et sur leur refus, les deux plus forts Actionnaires après eux, jusqu'à acceptation.

Le bureau désignera le Secrétaire.

Les Scrutateurs et le Secrétaire ne pourront être pris parmi les membres du Conseil d'Administration.

Art. 45. *L'Assemblée générale annuelle* entendra le rapport circonstancié qui lui sera fait par le Directeur général, au nom du Conseil d'Administration, ainsi que celui des Commissaires, sur les opérations de l'exercice écoulé, et sur la situation de la Société. Elle statuera sur le bilan, et procèdera aux nominations à faire dans les deux Conseils. Ces nominations seront faites au scrutin de liste.

Elle délibèrera, quel que soit le nombre des membres présents, et décidera à la simple majorité des voix, sauf les cas prévus sous l'Art. 46 ci-après.

On procèdera par vote public, ou par vote secret, si ce dernier est demandé par dix membres.

Art. 46. Dans les Assemblées *extraordinaires*, on délibèrera et on votera de même.

L'Assemblée extraordinaire prononcera aussi, sur toutes les propositions qui lui seront faites par le Conseil général et par le Directeur général.

Elle pourra en outre apporter aux statuts, toutes modifications et additions ; voter des aliénations ou échanges de concessions de propriétés et d'immeubles ; autoriser l'émission de nouvelles Actions ; autoriser tous emprunts avec ou sans affectations spéciales, prononcer la prorogation, la dissolution et la liquidation de la Société, dans les cas prévus dans les statuts ; prononcer même, la réunion, la jonction, ou la fusion de la Société avec d'autres compagnies.

Les délibérations prises, sur les objets prévus au paragraphe précédent, ne seront valables qu'autant que les Actionnaires présents représenteront les deux tiers des actions émises, et que les décisions seront prises à la majorité des deux tiers des voix présentes ou représentées.

Néanmoins, si une première Assemblée ne réunissait pas les deux tiers des actions émises, elle serait convoquée de nouveau, d'après le mode prescrit à l'art. 43 ; et à cette seconde Assemblée, les décisions seront prises à la même majorité des deux tiers des voix, quel que soit le nombre des membres et des Actions qu'ils représenteront.

Lorsqu'il y aura lieu de délibérer sur ces cas exceptionnels, les avis de convocation devront indiquer sommairement l'objet de la réunion ; et celles des résolutions qui apporteraient novation ou modification aux présents statuts devront, pour sortir leur effet, être approuvées par le gouvernement, à l'assentiment duquel elles seront subordonnées.

Tous pouvoirs seront donnés d'avance au Conseil général pour consentir aux changements que le gouvernement jugerait nécessaire d'apporter à ces modifications ou additions, et pour passer tous actes en conséquence.

ART. 47. Aucune proposition de la part des Actionnaires ne sera mise en discussion, dans les Assemblées générales, comme dans les Assemblées extraordinaires, si elle n'est présentée par cinq Actionnaires au moins, ayant droit de voter, et si elle n'a été communiquée au Conseil d'Administration, trois jours, au moins, avant celui fixé pour la réunion ; à moins que le Conseil d'Administration ne consente à la mise en délibération, malgré l'absence de cette communication anticipée.

Les délibérations des Assemblées seront constatées par des procès-verbaux, signés des membres du bureau.

CHAPITRE VI.

Inventaires, Bénéfices, Amortissement.

ART. 48. Les livres de la Société seront tenus en partie double et arrêtés au 31 décembre de chaque année.

Le bilan , à cette date , sera dressé par le Conseil d'Administration. A ce bilan seront annexées les pièces justificatives à l'appui, l'inventaire du matériel des mines et usines , par quantités , poids et valeurs.

Toutes ces pièces , extraites des livres, seront certifiées par le Directeur général et par le Conseil d'Administration.

ART. 49. Lors de l'établissement du bilan , il sera déduit , sur la valeur du matériel , en machines et ustensiles, un tantième pour cent, à déterminer par le Conseil d'Administration, pour usure et détériorations réelles.

Les nouvelles machines et les nouveaux outils fabriqués pour le service des exploitations et des établissements, seront évalués aux prix de revient , et portés , comme tels , au débit du compte capital.

Les houilles et autres produits existant en magasin et en dépôt , à leur prix de réalisation , au cours du jour où le bilan sera dressé, sous déduction de 10 °/₀ pour les éventualités.

ART. 50. Le bilan , avec toutes les pièces à l'appui, sera remis aux Commissaires avant le 1ᵉʳ mars.

Les Commissaires seront convoqués pour la vérification du bilan par une lettre d'avis spéciale , au plus tard dans les dix jours qui suivront la remise des pièces.

Les Commissaires auront deux mois pour examiner le bilan qui sera ensuite arrêté par le Conseil général , et soumis, avec un rapport des Commissaires , à l'approbation définitive de l'Assemblée générale.

ART. 51. L'approbation du bilan par l'Assemblée générale sera une décharge complète pour le Conseil d'Administration et pour le Directeur général de leur gestion pendant l'exercice écoulé, et, pour les Commissaires , une décharge du mandat de surveillance qui leur aura été confié.

ART. 52. Les bénéfices nets réalisés, toutes charges sociales quelconques , tous frais généraux déduits , seront répartis comme suit :

7 °/₀ Pour l'amortissement du capital ;

3 °/₀ Aux membres du Conseil d'Administration ;

1 °/₀ Aux Commissaires ;

2 °/₀ Réservés pour les chefs d'exploitations et de fabrications , suivant que le Conseil d'Administration jugera convenable d'en faire la répartition ou de les joindre à la masse des bénéfices à répartir aux Actionnaires ;

2 °/₀ A la réserve pour imprévu, et laissés à la disposition du

Conseil général pour être employés, sur la proposition du Conseil d'Administration, dans un but utile aux intérêts de la Société ;

10 % Au Directeur général ;

———

25 % Et l'excédant de
75 % Aux Actionnaires, à titre de dividendes à partager entre eux, au marc le franc des Actions émises.

— — —

100 »

Ce dividende sera payé le 1er juillet de chaque année, contre la délivrance des coupons de dividendes au pouvoir des Actionnaires.

Art. 53. La désignation des Actions à amortir se fera par un tirage au sort sur tous les numéros des Actions émises et non encore remboursées. Ce tirage se fera chaque année en Assemblée générale, suivant la forme qui sera déterminée par le Conseil d'Administration.

Art. 54. Le chiffre du dividende, les numéros des Actions sorties pour être amorties, et les lieux et domiciles où ces paiements et remboursements devront s'effectuer, seront publiés dans les journaux qui recevront habituellement les annonces et convocations de la Société.

Art. 55. Les propriétaires des Actions sorties pour l'amortissement recevront en numéraire le capital versé de leurs Actions et les dividendes échus jusqu'au jour du remboursement ; et, en échange de leurs actions primitives, ils recevront des Actions de jouissance, comme il est dit à l'ARTICLE 15.

Art. 56. Tous dividendes qui n'auront pas été touchés dans les cinq ans, seront prescrits et acquis définitivement à la Société.

CHAPITRE VII.

Prolongation, Dissolution, Liquidation. — Dispositions générales.

Art. 57. L'Assemblée générale extraordinaire pourra, à l'expiration de la Société, en proroger la durée pour tel délai qu'elle jugera convenable.

Art. 58. La dissolution de la Société aura lieu de plein droit avant le terme fixé pour sa durée :

1° Si les pertes excèdent la moitié du capital émis ;
2° Si les détenteurs des trois quarts des Actions émises le déci-

daient ainsi en Assemblée générale, les Administrateurs, les Commissaires et le Directeur général entendus.

Art. 59. Toute cause de dissolution rendra obligatoire pour le Conseil d'Administration la convocation des Actionnaires en Assemblée extraordinaire.

Art. 60. Lors de la dissolution de la Société pour quelque cause que ce soit, l'Assemblée générale extraordinaire, qui la prononcera, déterminera le mode de liquidation et celui de la vente des biens meubles et immeubles de la Société : elle nommera trois Commissaires liquidateurs et trois suppléants, et déterminera leurs pouvoirs. Leurs noms devront être insérés dans les journaux qui auront été adoptés par le Conseil d'Administration pour toutes les publications de la Société.

L'Assemblée nommera également un Commissaire surveillant les opérations de la liquidation, et deux Commissaires suppléants.

Elle fixera, s'il y a lieu, les traitements et les avantages auxquels pourront avoir droit les trois Commissaires liquidateurs et le Commissaire surveillant.

Art. 61. Les Commissaires remplaceront immédiatement le Directeur général, le Conseil d'Administration et le Comité de surveillance.

Les décisions de la Commission de liquidation seront prises à la majorité.

En cas d'empêchement, démission ou décès d'un des membres de la Commission, les autres membres appelleront en son remplacement le premier suppléant, et à défaut les suivants.

Il en est de même par rapport au Commissaire surveillant, qui sera remplacé par les Commissaires suppléants.

Art. 62. Les membres de la Commission de liquidation et le Commissaire surveillant pourront être révoqués par l'Assemblée générale des Actionnaires, convoquée par un seul des Commissaires indiqués, ou par dix Actionnaires ayant droit d'assister aux Assemblées.

Pendant le cours de la liquidation, les droits et les pouvoirs de l'Assemblée générale des Actionnaires subsisteront comme pendant le cours de la Société pour tout ce qui concerne cette liquidation.

Art. 63. Avant l'expiration de l'année qui suivra l'époque où la liquidation aura commencé, la Commission de liquidation, en suivant les formes et délais prescrits à l'article 43, § 2, convoquera les Actionnaires, leur soumettra la position de la liquidation ; le Commissaire surveillant fera son rapport, et l'Assemblée fixera le délai dans lequel la liquidation devra être terminée.

Art. 64. Après remboursemènt intégral de tout le passif, l'excédant en actif net sera réparti par portions égales entre toutes les Actions émises et non remboursées, jusqu'à concurrence desdites Actions. Quant au surplus, si surplus il y a, il formera bénéfice et sera réparti conformément à l'article 52.

Art. 65. Toutes les contestations qui pourraient s'élever entre le Conseil d'Administration et le Directeur général, comme entre tous les Sociétaires, à raison de la Société ou de sa dissolution et liquidation, sauf les questions prévues aux présents statuts, et qui pourraient être résolues par les Assemblées générales, seront jugées par Arbitres.

Il en serait de même pour toute contestation entre les Actionnaires et le Conseil d'Administration, comme avec la Commission de liquidation.

Le Tribunal arbitral sera composé de trois Arbitres, sur le choix desquels les parties seront tenues de s'entendre dans un délai de huitaine, à défaut de quoi la nomination de ces trois Arbitres sera faite par le Président du Tribunal de Commerce de Munich, à la requête de la partie la plus diligente. Les Arbitres jugeront en dernier ressort. Leur décision ne pourra être attaquée par voie d'appel, requête civile, ni recours en cassation.

Dans toute contestation, l'Actionnaire devra faire élection de domicile à Munich; et, en quelque nombre que soient les Actionnaires, ils seront tenus, lorsqu'ils auront un seul et même intérêt, de faire choix d'un seul domicile commun à Munich, où seront signifiés, et par une seule copie, tous les actes de la procédure, à défaut de quoi la Société pourra leur faire toutes significations, et, par une seule copie, au greffe du Tribunal de Commerce de Munich.

L'élection de domicile de tout propriétaire d'Actions au porteur qui n'aurait pas signifié à la Société son domicile dans Munich, sera de droit, en la personne de M. le Procureur du Roi, près le Tribunal de 1re Instance de Munich.

Art. 66. Tous les frais faits pour la confection des présents statuts et la constitution de la Société seront supportés par elle.

Art. 67. Tous pouvoirs sont donnés par ces présentes à

M.

M.

M. J. J. Chauviteau,

à l'effet de solliciter près du Gouvernement l'autorisation nécessaire à la validité des présents statuts, et pour consentir moyennant qu'il y ait unanimité entre eux, à tous changements et additions qui pourraient être exigés par le Gouvernement, comme aussi tous pouvoirs leur sont conférés pour arriver à la prompte organisation de la présente Société.

Dont acte, fait et passé à Munich, en l'étude de

l'an

le   1848.

En présence des sieurs

demeurant tous à

témoins instrumentaires à ce requis.

Lecture faite, les comparants ont signé avec les témoins et le notaire.

Signé :

(Mention de l'enregistrement).

Imprimerie de JULES JUTEAU, rue St-Denis, 345

www.ingramcontent.com/pod-product-compliance
Ingram Content Group UK Ltd.
Pitfield, Milton Keynes, MK11 3LW, UK
UKHW020947140726
13695UKWH00003B/1257